Você Verá

Luiz Vilela

Você Verá

CONTOS

1ª edição

EDITORA RECORD
RIO DE JANEIRO • SÃO PAULO
2013

CIP-BRASIL. CATALOGAÇÃO NA PUBLICAÇÃO
SINDICATO NACIONAL DOS EDITORES DE LIVROS, RJ

V755v Vilela, Luiz, 1942-
    Você Verá / Luiz Vilela. – 1ª ed. – Rio de Janeiro: Record, 2013.

    ISBN 978-85-01-40405-3
    1. Conto brasileiro. I. Título.

13-05138

CDD: 869.93
CDU: 821.134.3(81)-3

Copyright © Luiz Vilela, 2013

Capa: Leonardo Iaccarino

Texto revisado segundo o novo Acordo Ortográfico da Língua Portuguesa.

Direitos exclusivos desta edição reservados pela
EDITORA RECORD LTDA.
Rua Argentina, 171 – 20921-380 – Rio de Janeiro, RJ – Tel.: 2585-2000

Impresso no Brasil

ISBN 978-85-01-40405-3

Seja um leitor preferencial Record.
Cadastre-se e receba informações sobre nossos lançamentos e nossas promoções.

Atendimento e venda direta ao leitor:
mdireto@record.com.br ou (21) 2585-2002.

EDITORA AFILIADA

Zoiuda, 7

Era aqui, 12

O que cada um disse, 19

Céu estrelado, 25

Todos os anjos, 36

O Bem, 46

Quando fiz sete anos, 78

Corpos, 85

Noite feliz, 92

Mataram o rapaz do posto, 95

Você verá, 105

Autor e Obras, 111

Zoiuda

Zoiuda... Foi numa noite que ele conheceu Zoiuda. Foi numa noite — e nem poderia ser de outra forma, já que, como as prostitutas e as estrelas, as lagartixas também são seres da noite e só nela, ou de preferência nela, se mostram —, foi numa noite que ele a viu pela primeira vez.

Era uma sexta-feira, e ele tinha acabado de chegar da rua: quando se aproximou da talha para tomar um copo d'água, lá estava a lagartixa, na parede, perto do vitrô que dava para a área de serviço do apartamento onde ele morava, no décimo andar.

Era esbranquiçada, um pouco mais cabeçudinha que o comum, e quase rabicó. Mas foram os olhos, foram os olhos o que mais lhe chamou a atenção: exorbitados, duas bolinhas brilhantes, parecendo duas miçangas.

Observou-a mais um pouco, acabou de tomar a água e, o corpo pedindo cama depois dos muitos copos de chope, foi dormir.

Na noite seguinte — de novo o bar, de novo as conversas e as bebidas, conversas e bebidas que só serviam para matar o tempo e para matar dentro dele alguma coisa que ele não sabia bem o que era, mas que sabia ser essencial —, ao chegar em casa, acender a luz da cozinha e se aproximar da talha, viu de novo a lagartixa, quase no mesmo lugar da véspera.

Sim, era ela, ele não tinha a menor dúvida, apesar de estar meio de porre: ali estava o toquinho de rabo, ali estavam os olhos, os olhos desmedidos.

"Zoiuda", disse, como que batizando-a.

Nela, nenhuma reação, a não ser, pareceu-lhe, estatelar mais ainda os já de si estatelados olhos.

E ficaram os dois novamente se olhando, ele pensando se haveria naquela cabecinha algo como o pensamento, algo que...

Na terceira noite, domingo — o mesmo bar e os mesmos amigos e as mesmas conversas e bebidas —, ele, num momento de quase convulsivo tédio ("isso mesmo", se diria depois, "convulsivo tédio"), lembrou-se de Zoiuda, isolando-se por alguns minutos do ambiente ao redor, um leve sorriso lhe aflorando aos lábios.

"O que foi?", perguntou a amiga que estava a seu lado, na mesa. "Estou lembrando da Zoiuda", ele respondeu. "Aquela dos nossos tempos de faculdade?", perguntou a amiga. "Não", ele disse, "é outra; essa eu acho que nem chegou a prestar o vestibular..."

"Zoiuda, Zoiudinha", disse, em voz alta, depois de entrar em casa e acender a luz.

Como em quase todas as noites, foi direto à cozinha. Mas... Zoiuda não estava lá. Não estava. Ficou meio decepcionado. Tinha certeza de que...

Chamou-a — uma vez, duas, três —, esperando que ela, ouvindo sua voz, aparecesse, vinda lá de fora, da área ou até do paredão do prédio. Mas ela não apareceu.

"Essas mulheres...", disse. "A gente não pode mesmo confiar..."

Se bem que, ele pensou, não só lagartixa não era mulher, como aquela talvez nem fêmea fosse, pois lera uma vez que nas espécies animais o macho quase sempre tem a cabeça maior. Além disso, a cauda...

A cauda, a cabeça... E havia mais alguma coisa ainda, alguma coisa de que ele estava até agora, de manhã, no carro, tentando se lembrar, enquanto se dirigia para a escola (uma escola pública num dos mais distantes bairros da capital, onde ele dava aulas de português para um bando de adolescentes desinteressados e distraídos). Não, não se lembrava; podia desistir. Mas, também, diabo, que importância tinha aquilo? Nenhuma, nenhuma importância.

"Apareceu uma lagartixa no meu apartamento", contou, no intervalo.

"Uma?", o colega se admirou. "Pois lá em casa, uma ocasião, tinha umas trezentas. Mas aí eles me ensinaram um veneno, e eu pus: não ficou uma, nem uma só pra contar a história. Se você quiser, eu posso te passar o nome..."

"Eu tenho pavor", confessou a colega, "eu tenho pavor de lagartixa. Se eu souber que tem uma dentro de casa, eu simplesmente não durmo. Uma vez eu quase telefonei chamando o corpo de bombeiros, vocês acreditam?"

"Acho que eu sou meio maluco", ele disse, "acho que eu sou mesmo meio maluco" — mas nenhum dos dois estava mais prestando atenção a ele.

À noite, naquela plena segunda-feira, ele não saiu, substituindo o bar pela TV — a mesmice pela idiotice, pensou. Sentou-se, só de short (era outubro, fazia um calorão danado), acomodou-se na poltrona da sala, pegou o controle remoto e ligou a televisão.

Algum tempo depois, sentindo sede, foi até a cozinha e...

"Zoiuda!", exclamou, com a alegria de um menino; "você está aí!..."

Estava; ali estava ela de novo, próximo à talha, e, como sempre, permaneceu impassível — ou lá dentro, àquela hora, o minúsculo coração também estaria batendo um pouquinho mais forte?...

O certo é que, entre aparições e desaparições, entre o atento silêncio dela e as peremptórias declarações dele — "Zoiuda, tirando minha mãe, você é a única criatura que eu amo hoje no mundo" —, Zoiuda passou a ser para ele uma... uma espécie de companhia. Afinal, num apartamento onde havia somente ele de gente e onde, por dificuldade em criá-los, não havia cachorro, gato ou passarinho, ela era uma presença, um ser vivo, a quem ele podia dirigir a palavra, embora não houvesse resposta — mas para que resposta? Não queria resposta, queria apenas falar; apenas isso.

"Né, Zoiuda?"

E assim, como nas histórias antigas, foram se passando os dias. Até que, tendo de fazer uma viagem e se ausentar por uma semana, ao voltar, ele não viu mais Zoiuda. Partira ela para outras bandas? Morrera? Ele não sabia. O fato é que não a viu mais, em nenhuma noite.

Sentiu ele falta de Zoiuda? Imagine, imagine um homem sentir falta de uma lagartixa... Claro que não sentiu. Mas sentiu — tinha de admitir — que aquele apartamento ficara um pouco mais vazio e aqueles fins de noite um pouco mais tristes.

Era aqui

— Era aqui — disse ele, detendo-se na entrada da praça.

Ela balançou a cabeça em silêncio, um silêncio quase reverente — mas, é claro, não viu nada do que ele parecia estar vendo àquela hora em sua memória. Viu as árvores, os canteiros, os bancos da praça, como tinha visto antes as ruas, as casas e os edifícios. Estes, comparados com os da capital, onde moravam e onde ela nascera, não eram quase nada; mas, para uma cidade do interior como aquela, já eram muitos.

— Era aqui — ele tornou a dizer, num tom mais baixo e reflexivo, como se desta vez estivesse falando não propriamente para ela, mas para si mesmo.

Adentrou então a alameda, calçada com pastilhas, e os dois foram, de mãos dadas, até o grande círculo central, quando ele novamente parou.

— Um gol era lá, naquela ponta — mostrou, apontando com o dedo, de maneira tão incisiva, que o gol parecia ainda estar ali, no mesmo lugar, depois de todos aqueles anos.

Ficou um instante a observar o lado oposto da praça, próximo de onde eles estavam.

— O outro, o outro gol, era ali, perto daquela árvore, aquela árvore maior, aquela sibipiruna.

— Sibipiruna?

— É; é o nome da árvore.

— Você conhece tudo, hem, amor?...

Ele riu.

— Conheço algumas coisas — disse. — Árvores, eu conheço bem.

— Eu conheço bichos — ela disse. — Quer dizer, alguns...

— Era ali o gol — ele voltou a dizer.

— E as arquibancadas? — ela perguntou.

— Arquibancadas?... Não, não havia arquibancadas... Nem arqui, nem bancadas, nem nada... Não havia nada...

— Mas, então, onde as pessoas sentavam?

— As pessoas?

Ele demorou um pouco a responder.

— As pessoas não sentavam — disse. — As pessoas ficavam em pé. Ou então agachadas.

— Era assim?

— Era, era assim. Mas, também... Era pouca gente: alguns amigos, curiosos, familiares... A cidade era muito pequena...

Parou diante de um banco:

— Por falar em sentar, vamos sentar um pouco?

— Vamos.

Eles sentaram-se.

Era fim de tarde, pouco mais de seis horas; o comércio já havia fechado, e a maioria das pessoas ido para casa. A praça estava tranquila, quase deserta.

Um sabiá, escondido na folhagem de uma árvore, emitia, a intervalos, o seu canto, sempre igual e sempre belo.

Pensou em perguntar a ela se sabia que pássaro era aquele — para testar o seu conhecimento de bichos. Mas, por delicadeza, temendo que ela não fosse saber, não perguntou.

— Não havia nada — ele continuou. — Nem arquibancadas, nem muros... Só havia o espaço, o espaço e os dois gols. E, no entanto...

— E gramado? — ela o interrompeu.

— Gramado? Não, também não havia; era terra, pura terra. Quando ventava, você não imagina a poeira que fazia... Era cada redemoinho!...

— É?...

— Ele começava lá, naquela ponta. Por que ele só começava lá, eu não sei. Talvez não fosse assim, na realidade, mas foi assim que ficou na minha memória. Ele começava lá. Aí vinha, rodopiando, e quando chegava aqui, ao meio, subia e se desfazia no ar. E aí a gente via umas folhinhas secas de árvore ou pedaços de papel despencando...

— Parece até que eu também estou vendo...

— Pois é... Agora, os gols... Eu esqueci de dizer: os gols não tinham rede; eram só as traves

e o travessão. Quando alguém marcava um gol, o goleiro, além de sofrer por isso, ainda tinha de buscar a bola, que às vezes ia parar lá no meio da rua... Mas, também, naquele tempo havia poucos carros, a rua quase não oferecia perigo...

Ela encostou a cabeça no ombro dele.

— Era aqui — ele disse, — era para aqui que o menino vinha quase toda tarde. Ele punha o calção, o gorro, pendurava o par de chuteiras no ombro e vinha. Aqui ele se encontrava com os companheiros e aqui ele corria, chutava, gritava...

Ela o escutava em silêncio.

— Era bom... — ele disse.

Ela fez um ligeiro murmúrio, enquanto tentava, com a imaginação, participar daquelas lembranças, as lembranças de um homem bem mais velho do que ela, mas com quem sintonizava exatamente por aquele seu lado sensível, aquele seu lado... Não sabia bem como dizer. Sabia — isso, sim, ela sabia —, sabia que o amava, que gostava muito dele...

— E um dia — ele prosseguiu, — um dia o nosso campo acabou. Ou melhor: acabaram com ele.

— O que houve?

— Era uma tarde, uma tarde como essa, uma tarde de setembro. Eu nunca vou esquecer. Nós estávamos jogando, e aí, de repente, um caminhão veio entrando pelo campo e parou ali, perto do gol. Nós interrompemos o jogo e ficamos olhando. Dois caras desceram. Eles foram caminhando para o gol, e aí um deles, um gordo, mal-encarado, que estava com uma marreta na mão, disse qualquer coisa como "acabou a farra, meninada, pode ir pegando o caminho de casa". E aí ele começou a dar umas marretadas no travessão, para derrubá-lo.

— E vocês?...

— Nós? Nós ficamos ali, parados, olhando sem entender nada, sem entender uma brutalidade daquelas. Então um da nossa turma perguntou por que eles estavam fazendo aquilo, e o outro sujeito, o que estava ajudando o gordo, respondeu que eram "ordens", ordens da prefeitura; e só, ele não disse mais nada. E continuaram, os dois, naquela obra de demolição.

— Hum...

— E de repente, de repente aqueles retângulos mágicos, causa de tanta emoção, tanto entusiasmo, tanta alegria, eram apenas um punhado de paus amontoados no chão e depois atirados, com indiferença, à carroceria de um caminhão...

— E o menino? — ela perguntou.

— O menino? O menino foi embora para casa. Foi embora e, quando lá chegou, fechou-se no quarto e chorou: chorou de dor, de raiva, de revolta por ver destruído, e daquela forma, algo que ele tanto amava...

Ele ficou um instante calado.

O sabiá cantava.

Uma aragenzinha passou pela praça.

— Só depois — ele contou, — só depois é que eu vim a saber da história.

— História?...

— Por que eles fizeram aquilo, por que eles acabaram com o campo.

— E por que foi?

— O prefeito, em final de mandato e candidato à reeleição, como tinha poucas chances de vencer, resolveu, de uma hora para outra, em desespero de causa, inaugurar essa praça. Mandou então fazer aquilo, tirar os gols. Aí furou uns buracos, despejou uns montes de areia, brita e não sei mais o quê. E alguns dias depois, com todas as pompas, com banda de música e tudo o mais, inaugurou a praça, prometendo que em pouco tempo ele daria à cidade sua maior e mais bela praça, uma das maiores e mais belas do Brasil, etcétera, etcétera, todo esse blá-blá-blá dos políticos...

— E aí?

— Aí? Bem: o cara se reelegeu; ele conseguiu. Mas fez a praça? Fez? O que você acha?

— Eu acho que ele não fez...

— Não fez nada. Ele alegou que a prefeitura não tinha verba. E aí não fez. Enrolou os quatro anos e não fez. Aí o sucessor dele, que era seu inimigo político, também não quis fazer: ele ia fazer uma praça que seu inimigo inaugurara?... E, assim, mais quatro anos se passaram. Até que o terceiro prefeito, que não era melhor que os outros dois, mas porque a pressão popular era grande, pois isso aqui tinha virado uma espécie de lixão, onde todo mundo jogava o que queria, começou a construir a praça. Começou; porque concluir mesmo, só o prefeito seguinte concluiu. Ou seja: daquele dia fatídico até a construção da praça mais de dez anos se passaram...

— A praça é bonita — ela disse, passeando os olhos ao redor.

— É, bonita ela é, não posso dizer que não. Mas... — ele não terminou, deixando o resto da frase no ar.

Olhou as horas no relógio.

— Acho que é bom a gente ir andando — disse. — Ainda temos de arrumar as nossas coisas no hotel, e até a saída do ônibus o tempo já não é mais tanto assim...

Eles se levantaram e foram, devagar, fazendo o caminho de volta.

As primeiras sombras da noite já vinham chegando — e o sabiá, incansável, continuava a cantar.

— Esse sabiá está animado — ela disse.

Olhou, surpreso, para ela — e, num impulso, abraçou-a.

— O que foi? — ela perguntou.

— Nada — ele disse; — é que eu te amo...

Ao final da alameda, ele parou e voltou-se: teve vontade de fazer um gesto de despedida — despedida do velho campo, do menino e de um tempo que de havia muito e para sempre se fora —, mas achou que o gesto seria meio ridículo, e não fez.

O que cada um disse

"Sei, sei, claro. Bom sujeito. Ele vem sempre aqui, à banca. Amanhã mesmo ele... Como?... Verdade?... Santo Deus!..."

"Caridoso, muito caridoso. Tanto ele quanto a mulher. Um casal de comunhão frequente. Eles vinham aqui, à capela da irmandade; eles preferiam vir aqui a ir à catedral. Ele era um sujeito humilde, apesar de rico. Os dois sempre mandavam roupas usadas para distribuirmos entre os mais necessitados; roupas deles, do casal, e também das crianças, do menino e da menina. A gente nunca poderia imaginar uma coisa dessas. Estamos muito chocadas."

"A gente não conhece ninguém: essa é a conclusão que eu tiro. A gente não conhece ninguém. Às vezes nem a própria pessoa se conhece. Somos um bando de desconhecidos — uns para os outros e cada um para si mesmo."

"Veja só: ele era a pessoa mais equilibrada aqui, na empresa; a mais equilibrada. A gente não dava um passo sem ouvir a opinião dele. Agora... Não dá pra acreditar, né?..."

"Eles sempre me trataram bem. Eles me tratavam como se eu fosse uma pessoa da família, e não uma empregada. Era um casal que vivia em harmonia. Nunca vi um casal combinar tão bem. Parecia que eles tinham nascido um para o outro. Não vou dizer que eles não tinham de vez em quando uma rusguinha. Tinham. Mas qual o casal que não tem? Você — eu estou vendo que você também é casado —, você vai me dizer: não é assim?"

"Quem? Como é? Você está brincando..."

"Eu li, eu li a notícia no jornal. Não, eu não sei dizer muita coisa. Ele não vinha tanto aqui, ao restaurante; uma vez ou outra só. Educado, isso eu posso dizer que ele era; uma pessoa educada. Mas não era de muita prosa; não, isso ele não era. Era um cara meio fechado, entendeu? Um cara..."

"Sabe, meu querido? Você é jovem ainda, mas aprenda uma coisa: o ser humano é como uma floresta: você olha de fora, e a floresta é aquela maravilha; mas você entra, e lá dentro você dá com onças, cobras, escorpiões... É assim, meu filho, o ser humano é assim. Por fora, uma coisa amável; por dentro, uma coisa temível. Ou, como dizia a cartilha na escola, nos meus tempos de menina: por fora, bela viola; por dentro, pão bolorento. De forma que esse acontecimento não me surpreende tanto. Pois eu sei que do ser humano tudo se pode esperar: das melhores às piores coisas. Grave isso. Você ainda vai se lembrar disso muitas vezes em sua atividade..."

"É, sim, nós fomos colegas de faculdade. Confesso que eu estou pasmo. Um sujeito como ele, um sujeito que tinha tudo na vida, tudo o que uma pessoa pode desejar: dinheiro, mansão, carro importado, uma linda mulher, dois filhinhos adoráveis. Isso, além das amizades, do prestígio, das honrarias..."

"Eu fiquei sabendo, me contaram. Limpei, eu limpei o jardim algumas vezes. É de admirar, né? Por que um cara desses faz uma coisa dessas?... Bom: não vou dizer que eu sei; quem sou eu pra dizer isso... Nem quero falar mal de ninguém. Mas... Deus que me perdoe, mas uma mulher como aquela, uma mulher... Eu vou te contar uma coisa, mas você não vai pôr isso no jornal, não, hem?... Um dia eu estava lá, arrumando o jardim, e aí eu cheguei perto da janela. Ela estava lá dentro, sozinha, de camisola, uma camisola transparente e sem soutien: e aí deu pra ver tudo, os peitos. E vou te contar... Rapaz... Eu nunca vi nada tão bonito assim... Mas aí, essa hora, ela me viu; e você acha que ela procurou sair ou virar para outro lado? Acha? É o que ela devia ter feito, né? Mas não foi isso o que ela fez: ela deu um sorriso, ela deu um sorriso para mim. Eu fiquei sem saber onde esconder a cara. Fiquei morrendo de vergonha. Aí eu fui cuidar do meu serviço. Mas de noite, em casa, eu fiquei pensando naquilo, na mulher, naquele sorriso... Fiquei pensando e... Cara, te juro: aquela mulher estava a fim de uma... Juro que estava... Com um jardineiro?, você pode dizer. Por que não? E essas madames aí que pagam os tubos para esses caras de programa, esses que vão em casa, esses dos classificados? Mas aí, droga, aí eu não voltei mais lá e aí eu não vi mais a mulher; nem ela, nem o marido, nem ninguém. E ontem eu fiquei sabendo do que aconteceu. É isso. Mas não vai pôr isso no jornal, não, hem? Só estou te contando. Pra mim... Não sei, não, mas pra mim o que há por trás disso, do que aconteceu, é isso aqui, olha: chifre, cara. Tá entendendo? Chifre. Daqueles bem grandes e tortos."

"Eros e Tânatos: as pulsões da vida e da morte, que estão no âmago de nosso ser, em toda e qualquer pessoa. O assunto é muito complexo para eu desenvolver aqui agora, nesta entrevista, mas eu o abordo em profundidade no meu novo livro, que eu devo lançar no segundo semestre, provavelmente em agosto. Aliás, eu ficaria muito grato se o jornal pudesse dar, desde já, uma nota."

"Por quê? Sei lá, meu chapa. Isso acontece todo dia lá no meu bairro e ninguém diz nada nem quer saber por quê. Nem nenhum repórter vai lá para fazer perguntas. Se vai, é repórter de polícia. Agora vem um bacana e faz o que fez e fica todo mundo aí: por quê? por quê? Ora, por quê... Foda-se, porra. Foda-se o cara e a família dele e tudo o mais. A gente tem mais é que comemorar. Esses caras só sabem explorar a gente. Eles lá no bem-bom e a gente aqui pastando, comendo capim."

"Meu amigo, vou só te contar uma história: a história do Tidião, meu querido Tio Esperidião, lá no interior, na roça. O Tio morava numa fazenda, ele e a mulher. Depois que a minha tia morreu, ele continuou morando lá, morando sozinho. Isto é, ele e um empregado. A fazenda não era grande, poucos alqueires. Foi o empregado que testemunhou a cena e contou depois para os filhos do Tio, dois rapazes, que moravam na cidade. Homem pacato, sujeito de boa paz, estava lá o Tio uma tarde, na fazenda. Aí, de repente, o empregado, que se achava no quintal, ouviu uns estampidos, se assustou e foi correndo ver o que era. Escondido atrás de uma mangueira, ele pôde testemunhar, apavorado, a sequência da cena. Pra resumir: meu tio pegara a espingarda, carregara e saiu dando tiro em tudo o que viu pela frente: vaca, porco, o cavalo, o cachorro. Nem o gato escapou. Nem o galo. Ele deu tiro até em passarinho na árvore. 'Parecia que ele queria acabar com o mundo', como disse o empregado. Foi um morticínio, uma coisa que ninguém na região nunca vira e que até hoje eles comentam. Por quê? Por que meu tio fez isso? Ninguém soube, nem ninguém até hoje sabe. Meu tio nunca deu nenhuma explicação. Aquele dia, no final da tarde, quando meus primos, avisados pelo empregado do que acontecera, chegaram à fazenda, encontraram o pai sentado no alpendre da casa, pitando tranquilamente seu cigarrinho de palha, como se nada, absolutamente nada tivesse acontecido. Está certo, você pode dizer que esse sujeito agora não matou bichos: ele matou a mulher e os dois filhos, e, ainda por cima, suicidou-se. Mas, pensando bem, eu não vejo muita diferença. Você vê?"

Céu estrelado

Mesmo sabendo que naquela noite — véspera de Ano-Novo — a estrada não teria muito movimento, admirava-se do tanto que ela estava calma. A própria noite, carregada e ameaçadora de chuva nos dias anteriores, irradiava agora a mesma calma, com seu límpido e estrelado céu.

Era bom dirigir assim, tranquilo, sem pressa, depois de mil correrias para sair a tempo de chegar antes da meia-noite, quando todos os da família se reuniriam em sua casa para comemorar a passagem do ano.

Olhou as horas: quinze para as dez. Naquela marcha, devia chegar às onze e meia, mais ou menos. Podia chegar até antes, se acelerasse; mas não, não ia acelerar, não ia correr.

"Chega", disse para si mesmo, "chega de correr."

Propósitos de Ano-Novo? Pois ali estava um bom: não correr. E já começara agora, na véspera, a poucas horas do novo ano, indo assim, bem devagar, contemplando a noite, a estrada — e lá estava, na frente, um... Veja só, um tatu! Parecia paralisado pela luz dos faróis. Apagou-os então, de imediato, e desviou o carro para o acostamento.

"Pode passar, meu caro", ele disse; "antes que alguém passe por cima de você..."

Esperou um pouco. Então acendeu novamente os faróis, e já não viu mais o tatu. Voltou à estrada e seguiu.

Um tatu... Há quanto tempo não via um... Aquela parecia ser mesmo uma noite especial, uma noite...

O celular tocou.

"Alô."

"Bem, onde você está?"

"Estou na estrada."

"Que hora que você chega?"

"Espero chegar à hora que eu disse: antes da meia-noite."

"Já está quase todo mundo aqui."

"É?"

"Quase todo mundo."

"Eu vi um tatu."

"Tatu? Você matou ele?"

"Matei. Eu passei por cima, e ele fez crec!"

"Eco."

"Eu vou levando ele pra te mostrar..."

"Eu, não! Deus me livre!"

Ele riu.

"Já está quase todo mundo aqui. Seus irmãos chegaram mais cedo: o Jonas e a Judimar, com as famílias."

Jonas, o Psicopata, e Judimar, mar de ignorância, burrice e mentira.

"O Paulo chegou há pouco e quer o carro para levar a namorada ao clube."

"Ele só aparece quando precisa de alguma coisa, né? Dinheiro, carro..."

"Como, bem?..."

"Nada."

"Sabe quem também está aqui?"

"Quem?"

"A Dona Ofélia."

"Dona Ofélia? A troco de quê?"

"Ela pediu para eu te dizer que ela trouxe as fotos para mostrar para nós, as fotos da viagem que ela fez ao Egito."

"Egito?"

"Espera aí, amor..."

Ele esperou.

"Não é Egito, não; ela está aqui pedindo para eu corrigir: é Patagônia."

"Parecem..."

"É Patagônia, amor."

"Já ouvi."

"Ela está dizendo que as fotos são lindas, que as paisagens são maravilhosas, os desertos... Hem? Como, Dona Ofélia? Espera um pouco, amor..."

"Estou esperando..."
"A Dona Ofélia vai falar com você..."
"Sim."
"Boa noite, José."
"Boa noite, Dona Ofélia."
"É só para fazer uma correção: os desertos; a Léa entendeu mal."
"Sei."
"Eu fiz referência aos desertos do Egito."
"Sim."
"Os desertos do Egito em contraste com as geleiras da Patagônia."
"Sim."
A linha caiu.
Ele ligou o rádio.
Simon e Garfunkel!
"*Hello, darkness, my old friend*"...
Ele cantou junto, até o fim.
Era mesmo uma noite especial: ligar àquela hora o rádio e dar com Simon e Garfunkel e uma de suas canções prediletas...
Tinha todos os discos deles, todos os LPs — mas havia tempos que, por falta de tempo, não os escutava.
Então outro bom propósito de Ano-Novo: escutar novamente todos os discos de Simon e Garfunkel.
Ah, a década de 60! Quanta coisa... Os sonhos, as lutas, a rebeldia, a coragem, a loucura... O que ficara de tudo aquilo? O que ficara? E ele? E sua vida?

O celular.

"Amor."

"Quê?"

"Eu quero saber se eu já posso pôr o pernil no forno."

"Pode."

"Que hora que você vai chegar?"

"Eu já disse: antes da meia-noite."

"Então eu já posso pôr o pernil?"

"Pode."

"Então eu vou pôr, hem?..."

"Tá."

Ele casara com um par de peitos. Isso: um par de peitos. Depois vira que, por trás dos peitos, não havia nada. Ou, melhor, havia, havia, sim: havia o nada.

O celular.

"E aí, campeão?"

"Quem?"

"O Silva."

"Silva?..."

"Sim, meu caro."

"Onde você está, Silva?"

"Adivinha..."

"Só pode ser na firma."

"Não, na firma, não... Sabe onde eu estou?"

"Onde?"

"Sentado confortavelmente no sofá de sua casa."

"De minha casa?..."

"Sim, senhor."

"Hum..."

"Eu trouxe os relatórios para você ler."

"Mas hoje, Silva?..."

"Não, hoje, não; claro que não... Mas como amanhã é feriado, eu pensei que você gostaria de já ir dando uma olhada. É só pra agilizar as coisas."

"Hum."

"Só pra agilizar, entendeu?"

"Sim."

"A perspectiva é boa, viu?"

"É?"

"Muito boa. A previsão é de um aquecimento das vendas já a partir de março."

"Sei."

"Está aqui o relatório; quinhentas páginas."

"Quinhentas?..."

"É, mas é que estão aqui também os balanços, as planilhas... Está tudo aqui, reunido."

"Hum."

"Você vai ter uma boa diversão para o feriado; estou até com inveja..."

"É, né?..."

"Ah, Zé, sabe quem está aqui também?"

"Quem?"

"O Teco."

"Teco?"

"O Teco Telecoteco."

"Ah."

"Eu encontrei com ele ontem à noite na rua. Aí eu perguntei: 'Teco, onde você vai passar o réveillon?' 'Em lugar nenhum', ele respondeu, 'eu vou ficar em casa, quieto no meu canto.' 'Não vai, não', eu disse; 'você vai comigo lá no Zé.'"

"Hum."

"Ele topou, e agora ele está aqui também. Ele e a Glorinha, a mulher dele. E o filho, o Pimentinha."

"Sei..."

"Acho que eu não fiz mal em convidar, fiz?"

"Não."

"Como?..."

"Eu disse que não."

"Seja sincero: eu fiz mal?"

"Claro que não, Silva!"

"Ele está aqui, ao meu lado, o Teco. Ele está te mandando um abraço."

"Outro para ele."

"Você já está vindo?"

"Já; eu e minha amiga *darkness*."

"Quem?..."

"Minha amiga *darkness*."

"Os meninos estão fazendo muito barulho aqui, eu não ouvi direito..."

A linha caiu.

Ele desligou o rádio.

Dez para as onze.

Uma placa: "Não perca tempo."

Perco, sim. Eu agora vou perder todo o tempo que eu puder. Serei o maior perdedor de tempo do mundo. O que você está fazendo aí, parado nessa mesa, Zé? Não estou fazendo nada, estou perdendo tempo, vamos?

Ele riu.

O celular tocou.

"Bem, que história é essa?"

"Ou vocês param de me ligar ou eu vou acabar batendo."

"Quem é essa amiga que está aí com você?"

"Amiga?..."

"Essa que está aí com você."

"Não tem nenhuma amiga aqui comigo, Léa; você ficou doida?..."

"Tem, sim, eu estou sabendo."

"Como está sabendo?"

"O Silva me contou."

"O Silva?..."

"Ele me contou que você está aí com uma amiga."

"O Silva ficou maluco; ele não entendeu nada. Você está aí na sala?"

"Estou no banheiro, e daqui não saio enquanto eu não souber que amiga é essa."

"Está bem; tem, sim, tem uma amiga aqui comigo: é a *darkness*."

"Aquela do escritório?"

"Do escritório?..."

"A Joana D'Arc, a Darquinha."

Santo Deus, é hoje...

"Vai cuidar do seu pernil, Léa; vai cuidar do seu pernil, antes que ele vire carvão."

"Pois que ele vire, que o pernil vire carvão e que a casa pegue fogo: eu não saio desse banheiro enquanto eu não souber quem é que está aí com você."

Droga...

"Eu aqui feito uma idiota, nesse calorão, no meio desse povo, assando um pernil e te esperando para dar um abraço, e você me traindo com uma colega de serviço..."

"É..."

"Eu sei que é ela, eu já desconfiava; à hora que eu liguei, eu ouvi a voz dela."

Santa Mãe de Deus...

"Você quer saber de uma coisa? Quer? Que esse seu carro bata e que você e sua amiga morram carbonizados e não sobre nada, tá? Nem cinza."

Ela desligou.

Ele passava diante da mata de eucaliptos, à sua esquerda, e abriu os vidros para deixar entrar o ar perfumado e revigorante.

Eucaliptus citrodorea...

O celular tocou.

Merda!

"Alô."

"Pai?"

"Sim."

"Que hora que você chega?"

"Primeiro a gente diz boa noite; não é, não?"

"Ah, Pai, isso é caretice."

"Caretice, né?"

"Que hora que você chega? Estou precisando do carro pra levar a mina no clube; ela está lá na casa dela, me esperando."

"Hum."

"Eu vou com ela passar o réveillon. Já são onze horas, você já está chegando?"

"Estou."

"Vê se dá uma acelerada."

"Não, não vou dar uma acelerada."

"Você está a quanto?"

"Cinquenta."

"Ah, Pai, vai curtir com a minha cara, é?"

"E vou passar para quarenta; depois trinta; depois vinte; depois..."

O celular foi desligado.

Tabuletas, outdoors — a capital ia aparecendo. Mais quinze minutos, e ele estaria à porta de casa.

Quando viu, no horizonte, a comprida faixa de luzes, desviou o carro para o acostamento e parou. Apagou os faróis e ficou algum tempo quieto.

Então deu meia-volta: atravessou a pista e entrou pela estradinha de terra que ia dar na mata de eucaliptos. Quando chegou em frente à mata, ele novamente parou.

Olhou as horas: onze e meia.

Pegou o celular e teclou.

"Léa, eu tive um problema aqui; eu só vou chegar mais tarde."

"Eu sabia."

"Sabia?"

"Sabia que você não ia chegar."

"Então está bem."

Ela desligou.

Ele encostou a cabeça no banco, fechou os olhos e ficou ali, na escuridão, esperando passar o tempo, esperando o Ano-Novo passar.

Todos os anjos

Como são as coisas, ele já pensara e estava de novo ali pensando, enquanto, sentado num banco da praça, esperava pelo filho: ele, que, ao longo de toda a sua juventude, à custa de muita reflexão, muita leitura e às vezes com muita dor, conseguira escapar do "pestilento pântano da religião", como dizia, ele era agora, pelas contingências da vida em família, obrigado a levar toda sexta-feira, à tarde, hora em que a mulher ainda não voltara do serviço, o filho para, veja só, a aula de catecismo.
— É... — disse para si mesmo, resignado, e logo viu o menino, que, saindo da igreja com outros, entrara na praça e vinha, sozinho, andando, devagar, em sua direção.
Levantou-se e deu-lhe a mão:
— Vamos?
Os dois foram.
Ao passarem sob as árvores, antigas e altas, o menino se curvou quase todo para trás, perscrutando os galhos.
— Assim, você vai acabar caindo...

O menino se endireitou, e continuaram a andar.
— O que você estava procurando?
— Eu não estava procurando.
Deixaram a praça, atravessaram a rua e foram seguindo em direção a casa.
— Mas e aí, *my son*? Quais foram as últimas do mistifório?
— Quê?
— O que você aprendeu lá hoje, na aula de religião?
— O que eu aprendi, eu não sei: eu sei o que a freira ensinou.
— Boa resposta...
— Eu sei isso.
— E o que a freira ensinou?
— Ah — o menino respondeu, com um gesto de enfado, — ela falou lá sobre anjo...
— Anjo?
Ele então cantou:
— "Os anjos, todos os anjos, os anjos, todos os anjos, louvem a Deus para sempre, amém."
— Onde você aprendeu essa música? — o menino quis saber.
— Quando eu era menino, a gente a cantava na igreja. Vocês não cantam?
— Essa música?
— Qualquer uma.
O menino disse que sim, com a cabeça.

— Qual é a que vocês cantam?
O menino não respondeu.
— Qual é a música que vocês cantam?
— Ah, Pai, não sei.
— Você não disse que vocês cantam?
— Eles — explicou; — eles cantam.
— Eles quem?
— Os meninos.
— E você não?...
— Não.
— Por quê?
— Ih, Pai, você quer saber de tudo, hem?
— Quero.
— Eu não canto porque eu acho a música feia; é por isso.
— Mas os outros meninos cantam...
Sacudiu a cabeça.
— E como que você faz?
— Como que eu faço o quê?
— Você não canta: o Irmão não se importa?
— Ele não sabe.
— Não sabe?...
— Eu finjo, Pai.
— Finge? Como?
— Ê, mas você está chato hoje...
— Eu só quero saber isso: como que você finge?
— Com a boca.
— Com a boca?... Agora é que eu não entendi mesmo...

O menino parou:

— É assim, olha: eu vou te mostrar. Olha pra mim...

O menino executou, então, uma mímica, mexendo a boca, franzindo a testa e movimentando a cabeça...

— Viu?

— E você faz assim, lá na missa...

Sacudiu a cabeça.

— E o Irmão não percebe...

— Ele é meio bobo, Pai. E, também, eu treinei, né? Eu treinei muitas vezes, no espelho lá de casa.

— Hum...

— Você quer ver?

O menino tornou a parar.

— Eu vou cantar uma música pra você. Presta atenção, hem?

Mexeu de novo, por alguns minutos, em silêncio, com a boca, os olhos, a cabeça, o corpo todo. Então parou.

— Viu?

— Vi.

— Que música é a que eu cantei?

— Ah, agora você me apertou...

— Ô, Pai...

— Agora...

— Você conhece ela...

— Conheço?

— Eu vi um dia você assobiando...
— Hum...
— Faz assim: eu vou cantar de novo.
— Não — ele o brecou. — Outra hora você canta. Lá em casa. Senão eles vão achar que nós somos dois doidinhos aqui...

Pegou-lhe a mão e atravessou rápido a rua, na frente de um carro que vinha com velocidade.

Andaram um pedaço em silêncio.

— Mas então? — ele disse. — Voltando aos anjos: o que a freira lá falou sobre eles?

— Foi sobre o anjo da guarda.
— Anjo da guarda? Isso ainda existe?
— Você não tem anjo da guarda, Pai?
— Eu não.
— A freira disse que todo mundo tem.
— Eu tinha, sabe; mas o meu anjo da guarda andava muito chato, aí eu meti o pé na bunda dele e ele foi louvar a Deus para sempre, amém.

O menino riu.

Andaram mais um pouco.

— Eu queria perguntar uma porção de coisas... — o menino disse, então, num tom de descontentamento.

— Perguntar a quem, meu filho?
— À freira, Pai.
— E por que você não perguntou?
— Por quê? Porque uma vez eu perguntei, e aí sabe o que ela disse?

— O quê?

— Ela disse: "Aqui quem faz perguntas sou eu; vocês só respondem." Ela falou desse jeito.

— Que maravilha. Nem um delegado de polícia se sairia melhor.

— "Aqui quem faz perguntas sou eu." Aí eu não perguntei mais, né? Eu ia perguntar?

— O que você queria perguntar a ela?

— Ah, uma porção de coisas...

— Por exemplo?

— Por exemplo: asa de anjo é feita de pena igual à asa de passarinho?

— Hum.

— Essa é uma coisa que eu queria perguntar.

— Sei.

— Outra coisa: anjo voa feito passarinho?

— Ah, então era isso... Agora eu entendi...

— Entendeu o quê, Pai?

— Acho que eu vou tirar o meu estilingue da gaveta...

— Estilingue?

Viraram na esquina.

— Bem: quer dizer que você queria saber se anjo voa...

— É.

— Voava. Antigamente eles voavam. No tempo em que os animais falavam.

— Os animais, Pai? Os animais falavam?

— Falavam.
— Feito gente?
— É.
— Quem te contou?
— Eu fiquei sabendo.
— Gato, cachorro, tudo falava?
— Falava.
— E passarinho?
— Passarinho, não; passarinho só cantava.
— Por quê?
— Sei lá. É porque era assim.
— E minhoca?
— Minhoca?...
— Minhoca também falava?
— Falava, mas minhoca só falava na língua delas: o minhoquês.
— Minhoquês?
— É.
— Como que é o minhoquês?
— Ê... Já estou quase dando razão à freira...
— Hem, Pai, como que é o minhoquês?
— Meu filho, o minhoquês é só as minhocas que sabiam; ninguém mais.
— Elas também tinham escola?
— Quem sabe?
— E aula de catecismo?
— Ah, isso é certeza. Aula de catecismo é certeza.
— E freira?

— Oh, não; tenhamos piedade das minhocas...
— E anjo? Elas tinham anjo?
— Tinham. Anjo era uma minhoca com asas. Mais tarde ela se transformou na cobra voadora. Você não ouviu falar em cobra voadora?
— Não...
— Pois é, cobra voadora...

O menino ficou pensativo.

— Bom, mas... Você queria saber se anjo voa, não é isso?
— É.
— É como eu disse: voava. Antigamente eles voavam. Mas hoje é tudo por controle remoto.
— Controle remoto?
— O anjo é teleguiado, entende? É assim: o sujeito telefona lá para o depósito de anjo.
— Depósito de anjo? Tem isso, Pai?
— Tem.
— É feito depósito de gás?
— É; feito depósito de gás. Lá, no depósito de anjo, lá tem anjo de tudo quanto é tipo. O sujeito então telefona, pedindo um anjo assim ou assado.
— Assado?
— É um jeito de dizer; você nunca me ouviu dizendo isso?
— Eu achei que você estava dizendo que o anjo é assado...

— Não; anjo assado é só no restaurante. Uma vez eu comi um, mas não achei bom, não: tem gosto de pena.

— Eco... — o menino disse, fazendo uma careta de nojo.

— Mas aí, aí o sujeito telefona lá para o depósito, e eles pst! apertam uma tecla, e na mesma hora o anjo está na frente de quem pediu.

— É assim? — o menino perguntou, admirado.

— É.

— Legal, hem, Pai?

— É super-rápido.

— Ela sabe disso?

— Ela quem?

— A freira.

— Duvido.

— Eu posso contar pra ela?

— É melhor não contar.

— Então você conta.

— Eu? De freiras e padres eu quero distância, meu filho.

— Então eu vou contar...

— Se você contar, sabe o que ela pode fazer com você?

— O quê?... — o menino perguntou, curioso, olhando para ele.

— Te jogar num caldeirão de água fervente.

— Ah, mas aí, né, aí eu pego o celular e: "Alô, eu quero um anjo da guarda!"

Ele riu.

— Aí o anjo vem, me tira do caldeirão, e eu tibum! jogo a freira lá dentro.

— É isso o que ela está mesmo merecendo...

— Jogo a freira lá dentro; e aí eu quero ver...

Chegaram em casa.

— Sua mãe já está aí...

Ele abriu a porta, mas, antes de entrarem, o menino pediu que ele se abaixasse, e disse, baixinho, em seu ouvido:

— Pai, não conta pra Mamãe, não, hem? Eu vou dizer uma coisa, mas é só pra você...

— Diga.

— Sabe o que eu acho?

— Hum...

— Eu acho que anjo existe, mas existe só de mentirinha...

— Grande, garoto, grande! — ele disse, passando a mão na cabeça do menino. — Você vai longe...

Tomara que fosse mesmo, e então descobriria, com o tempo, que não era só anjo que existia de mentirinha: eram muitas outras coisas também, a começar de Papai do Céu.

Papai do Céu, ele pensou, fechando a porta: que coisa mais idiota...

O Bem

Não, não, já vou logo dizendo, para evitar equívocos: o Bem do título, o Bem com maiúscula, não se refere a essa coisa etérea e sublime de que nos falam as religiões e filosofias, essa coisa que deveria ser o objetivo a perseguir em nossas vidas, na convivência com os nossos semelhantes. Não, não é isso...

O Bem, o Bem do título — que não tem nada de etéreo, nem chega a ser sublime — é simplesmente um conhecido meu. Aliás, nem Bem ele se chama: ele se chama Astrogildo. Bem é apelido.

O Bem entrou na minha vida há algum tempo, de maneira puramente casual e, como às vezes acontece, teria depois uma importância que eu nem de longe poderia suspeitar que ele viesse a ter. Uma importância, digamos, um tanto quanto estranha, mas...

Bom, vamos aos fatos.

Para resumir: a privada (detesto o uso da palavra vaso, tão comum hoje; prefiro falar assim, privada, como aprendi em criança), a privada do meu escritório entupiu. Chamei então um encanador, um que já tinha feito uma vez um pequeno serviço para mim.

Ele veio, olhou, examinou e aí deu uma descarga, observando a água que subia, chegando até quase a borda, e depois foi baixando, parando pela metade e ali ficando.

Tornou a examinar.

Então pôs as mãos na cintura, olhou para mim e disse:

"É, Doutor Lauro, acho que nós vamos ter de arrebentar tudo aí..."

"Arrebentar?", eu perguntei.

Perguntei, mas, antes de prosseguir, uma pequena pausa para um esclarecimento.

Doutor Lauro: não, eu não me chamo Lauro. Eu me chamo Stanislaw. Um pouco diferente, não? Um pouco diferente... Então por que Lauro? Porque, em menino, meus companheiros de brincadeiras (ou folguedos, como outrora se dizia), por dificuldade em pronunciar meu nome, me chamavam de Lau, simplesmente — e, quando precisavam escrevê-lo, o faziam assim, com u, no lugar do w. O apelido de Lau pegou, atravessou os anos e chegou a ouvidos desatentos, que entenderam o Lau como Lauro.

E aí, quando me formei e montei meu escritório, de advocacia, o Lauro passou a Doutor Lauro. Não foi uma nem duas vezes que recebi cartas endereçadas ao "Exmo. Sr. Dr. Lauro Azevedo" (e uma vez, não sei se por descuido ou de propósito, Dr. Lauro Azedo). No começo, isso me irritava muito e, às vezes, dependendo do remetente, eu nem abria a carta, rasgando-a em pedacinhos e atirando ao lixo. Depois me resignei, e hoje até brinco com os amigos, ao telefone, dizendo: "Aqui é o Doutor Lauro." Ou assino bilhetes com o nome de Stanislauro.

E há ainda o James. Ah, o James... O James é uma figura. James é um amigo meu, professor na Cultura Inglesa. Ele só me chama de Stanelei — segundo ele, o meu nome "traduzido para o português". Stan-é-lei. "Então", eu disse a ele, "teje preso, Jesse James!"... E, finalmente, há aquela funcionária da escola do James — que por lá já me vira umas duas vezes — me anunciando, alto e bom som, à porta da sala dele: "Professor, o Doutor Wanderley está aqui!" Doutor Wanderley... É... Pois é... De Stanislaw a Doutor Wanderley... E com esta eu termino a pausa, mais longa do que eu pretendia, e volto ao curso de minha narrativa, à conversa entre o encanador e... vá lá: o Doutor Lauro...

"Arrebentar?", eu perguntei.

"É o jeito...", o encanador disse, balançando a cabeça.

Aí ele foi me explicando: arrebentar o piso, arrebentar parte da parede, trocar talvez o encanamento...

"Não tem outro recurso?", eu ainda perguntei, como ao médico perguntaria o doente depois de receber a prescrição de uma difícil e delicada cirurgia.

"Não, não tem", ele respondeu, e ainda advertiu: "Se o senhor não fizer o conserto agora, podem surgir outros problemas, problemas mais sérios ainda: infiltração, rachadura na parede..."

E mais isso e mais aquilo, foi ele me dizendo e me deixando cada vez mais alarmado.

Perguntei, então, em quanto ficaria o serviço. Ele fez as contas num bloquinho que tirou do bolso da camisa e, entre arrebites e vedacites, me disse.

Diante do meu susto, ainda fez ironia:

"É melhor o senhor se assustar agora do que depois, com os outros problemas..."

"É...", eu disse.

"Quando o senhor quer que eu comece?", ele perguntou.

Eu disse que ia pensar, fazer um outro orçamento, sabe como é...

"Tranquilo", ele disse; "mas pode ter certeza de que qualquer um que o senhor chamar aqui vai dizer a mesma coisa que eu disse."

"Pode ser", eu respondi, "mas eu vou chamar..."

"Tranquilo...", ele disse.

É, tranquilo... Eu é que não fiquei tranquilo; nada tranquilo. Aliás, voltei para casa, no fim do dia, arrasado. A palavra é essa: arrasado.

No dia seguinte, de manhã, estou eu lá no supermercado, fazendo umas compras, quando dou com o Fernandinho. Fernandinho é um conhecido meu que de vez em quando encontro nesses lugares.

"E aí, meu caro?", ele disse. "Beleza?"

"Beleza nada", eu respondi.

"O que houve?", ele perguntou, fazendo uma cara de preocupação, decerto pensando em doença ou coisa semelhante.

Eu contei para ele a história, com todos os detalhes. Ele escutou, calado — uma das poucas pessoas, diga-se de passagem, que sabem hoje em dia escutar alguém. Eu tenho, por exemplo, uma prima — essa prima é fantástica —, eu tenho uma prima que não só não escuta os outros, como ainda, quando faz alguma pergunta, se encarrega, ela mesma, de responder. E lá segue ela falando e falando e falando...

Mas o Fernandinho, como eu disse, o Fernandinho escutou, calado, até o fim. Aí, quando eu acabei de falar, ele apontou o dedo para mim e disse:

"O Bem."

"Como?", eu perguntei, sem entender.

"O Bem", ele repetiu. "Chama o Bem."

"Quem é o Bem?", eu perguntei.

"O Bem", ele disse, "o Bem é o maior desentupidor de privadas do mundo."

Achei que o Fernandinho estivesse brincando; mas ele repetiu a frase, com mais alguns tantos encômios ao tal Bem, encômios do tipo "não há privada neste mundo que o Bem não desentupa" e quejandos

"Chama o Bem" — ali estava a fórmula mágica. Pois então, pensei, chamemos o Bem. E assim fiz

Naquele dia mesmo, à tarde, entrei no escritório e fui logo telefonando — afinal há poucas coisas no mundo mais desagradáveis do que uma privada entupida. Quem já passou por isso há de certamente concordar comigo.

Tive sorte de encontrar o Bem — um bom augúrio, pensei. Identifiquei-me, contei a ele os elogios feitos pelo Fernandinho — "bondade do Sô Fernando", ele retribuiu, de maneira educada — expliquei o problema (sem, por precaução, falar no encanador e, sobretudo, no orçamento do encanador), e menos de uma hora depois ele estava à minha frente

Descrevendo-o: um sujeito comum, sem nenhuma característica especial; um desses sujeitos que a gente encontra na rua, principalmente no fim do dia, ao término do horário comercial. Nem gordo nem magro, nem alto nem baixo. Roupas simples.

A idade? Pela aparência, julguei que ele fosse uns cinco anos mais velho do que eu. Depois viria a descobrir, surpreso, que não só tínhamos a mesma idade, 37 anos, como também nascêramos no mesmo mês, o mês de agosto, embora não no mesmo dia, o que já seria coincidência demais: ele era do dia 13, eu do dia 23. Ele, leão; eu, virgem — se bem que, para mim, a astrologia não significa nada. Acho a astrologia a ciência dos tolos, e, até prova em contrário, não me considero um deles.

Sigamos com o Bem: ele trazia consigo uma valise de metal, encardida e descascada, na qual estavam suas ferramentas. Depositou-a no chão, examinou a privada e deu uma descarga, como o outro fizera; mas, diferentemente do outro, não disse nada, não fez nenhum comentário, como se eu nem estivesse ali perto, olhando e esperando. Então abriu a valise e mexeu numas coisas lá dentro.

Essa hora meu telefone tocou. Eu atendi: era do cartório, dizendo que precisavam com urgência de minha pessoa lá, para dar um esclarecimento. Como o Bem tinha todos os indícios de ser um cara vagaroso, passei à minha secretária a incumbência de atendê-lo no que fosse necessário, expliquei a ele que eu tinha de sair — ele só mexeu a cabeça — e fui.

Quando voltei, meia hora mais tarde, avistei, da esquina, o Bem na entrada do prédio, encostado à parede, fumando. Mau sinal, pensei; mau sinal.

Acabei de chegar e fui logo perguntando:
"Desistiu?"

"Quê?", ele respondeu, com ares pouco amistosos.

"Desistiu do serviço?"

"Eu sou homem de desistir?", ele disse, como se eu o tivesse profundamente ofendido.

"Você consertou?...", eu perguntei, sem acreditar.

"Olha lá", ele disse.

"Não quer subir comigo?"

"Não", ele respondeu; "eu vou acabar de fumar esse cigarro; agora tem essa enjoeira de não poder mais fumar nos prédios.. "

Bom: atravessei a porta, peguei o elevador e subi.

Entrei na minha sala.

"O senhor acredita?...", me disse uma estupefacta secretária.

Fui ao banheiro e dei uma descarga: a água desceu de uma vez, sem nenhuma dificuldade. E nem um risquinho em nada — no piso e na parede. Tudo exatamente como estava antes.

"Esse sujeito é um artista", me disse a secretária, a meu lado.

"Não", eu disse, "ele não é um artista: ele é um mágico. Razão tinha o Fernandinho..."

"Quem?", ela quis saber.

Eu ia contar para ela a conversa, mas de repente me lembrei que o Bem estava lá embaixo, me esperando, e desci.

Eu só não fiz festa para ele porque, pensei, isso poderia influir no valor do pagamento, inflá-lo, o Bem me cobrar mais do que normalmente cobraria. Mas elogiei, elogiei com sinceridade.

Então perguntei quanto era. Ele disse. Uma mixaria. Tão pouco, que eu, que não sou exatamente um mão-aberta, lhe ofereci uma gorjeta, a pretexto de que ele atendera logo ao meu chamado.

"É minha obrigação, não é?", ele disse, recusando com altivez a gorjeta. "Quando o camarada me chama, ele quer o serviço é para agora, não é para ontem, né?"

"É verdade", eu concordei; "ainda mais no caso de uma privada entupida..."

Mas insisti; insisti, e ele acabou aceitando, sob a justificativa de que quem tinha "uma vida dura" como ele — e aí me falou nos seus seis filhos —, não podia se dar ao luxo de recusar uma gratificação. Agradeceu, montou na moto e lá se foi.

Não tive o prazer de rever o outro encanador, o "nós-vamos-ter-de-arrebentar-tudo-aí", e dele tirar um sarro, como se diz. Ele sumiu do meu horizonte; nunca mais o vi.

Quanto ao Bem, não só o vi novamente, como, depois de indicá-lo algumas vezes a outras pessoas — "chama o Bem", eu dizia, me assenhoreando da frase de Fernandinho —, acabamos nos aproximando mais, trocando algumas figurinhas e nos tornando amigos. E aí.

Bom, vamos em frente.

Sexta-feira, uma sexta-feira comum: eu tinha, de manhã, tirado na concessionária o carro que eu comprara — um carro novinho, novinho em folha, reluzente ao sol daquele mês de abril — e, depois de uma tarde de muito trabalho, voltava para casa, feliz, quando, de repente, uma moto passa, me abalroa e some.

Paro, desço, olho, e lá está um risco de todo o tamanho na pintura. "Seu filho da mãe!", eu xinguei, mais por desabafo, uma vez que o cara já estava longe, fora da minha visão.

Entrei de novo no carro e segui caminho, chateadíssimo, como se a vida tivesse perdido a graça. (*What can I do?* Eu sou assim...)

Adentrei meu apartamento e, sem nem mesmo tirar a gravata, só o paletó, desabei na minha poltrona. "Desgraça!", voltei a xingar. Xinguei para mim mesmo ou para os céus, já que moro sozinho e não havia por perto àquela hora nem mesmo um ínfimo ser vivo — uma formiga, por exemplo

Então eu telefonei, como acho que, em tal circunstância, outra pessoa teria feito. Telefonei para quem? Para algum amigo mais próximo? Para alguma namorada? Para algum parente? Não, para nenhum desses. Eu telefonei — e aí começa, de modo meio misterioso, o que me levou a escrever estas páginas —, eu telefonei para o Bem. Isso mesmo: para o Bem.

A mulher dele atendeu. Identifiquei-me: ela já me conhecia de alguns telefonemas anteriores.

"Astro!", eu a ouvi gritando.

Era assim que ela o chamava: Astro. Não sei se o fazia por alguma admiração — pelo menos um astro das privadas podia-se dizer, sem ironia, que o Bem era — ou se, ao contrário, e pela mesma razão, o fazia por um sutil e talvez inconsciente desprezo. Podia ser também que não fosse por nada disso, fosse apenas pela facilidade no falar. Mas então não seria mais fácil ainda chamá-lo de Gildo? Ah, o Stanislaw e as suas implicâncias.

O Bem atendeu:

"Alô?..."

"E aí, Bem?", eu disse. "Tudo em ordem?"

"Em ordem?...", ele respondeu, num tom irônico

"O que houve?", eu perguntei.

"Você tem de me perguntar é o que não houve", ele disse.

"Algum problema?"

"Vários..."

"Qual, por exemplo?", eu perguntei, me acomodando melhor na poltrona e finalmente tirando a gravata.

Aí ele começou. Não, eu não vou repetir aqui tudo o que ele disse, pois já vai longe este relato, e, como o próprio Bem dera a entender, era um quase interminável desfilar de desditas, envolvendo ele, a mulher, os seis filhos, o cachorro, o gato e o passarinho — sem falar na casa, no quintal, nas plantas e tudo o mais. Cada um, a seu modo e a seu tempo, com uma participação em alguma coisa ruim.

No final, eu, involuntariamente, ao rosário de dores de Bem acrescentei mais uma, quando ele, depois de tudo o que me contara e de me falar na sua falta de dinheiro, ao perguntar-me, num tom mais animado, se eu lhe telefonara fora para algum serviço, meu ou de outra pessoa (pois por que motivo mais ligaria eu para aquele homem simples e de vida tão sofrida?), eu tive de responder que não, que eu telefonara só para dar um alô, saber como ele estava, já que havia algum tempo que a gente não se falava, etcétera — e, claro, não disse nada sobre o carro.

"Mas foi bom você me ligar", ele disse, resignado, "porque eu pude desabafar um pouco, e agora até me sinto melhor..."

"Eu também", quase disse. Quase. Por um triz, não disse.

Mas, de factamente — como gostava de dizer um professor meu na faculdade —, eu me sentia mesmo melhor depois daquela conversa. Que era um arranhão, pensei, que era um arranhão na pintura de um carro novo comparado a tudo aquilo que Bem me contara? Nada, simplesmente nada. Segunda-feira eu mando arrumar — e pronto, não se fala mais nisso.

    Peguei o meu copo e a garrafa de uísque, pus uma generosa dose, duas pedrinhas de gelo, e voltei a sentar-me. Depois de descalçar os sapatos, olhei ao redor, para a minha sala, meus móveis, quadros, lustre e pensei: "Pombas! Minha vida é ótima! Como eu não vi isso antes?" Vira, vira, sim, é óbvio; mas não, digamos, com aquela clarividência — e com aquele prazer...

    O melhor de tudo é que o aborrecimento, o do arranhão no carro, que iria certamente arranhar o meu fim de semana, desaparecera por completo. E eu ainda pensei — de forma um pouco grotesca, reconheço —, eu ainda pensei: o maior desentupidor de privadas do mundo desentupira também o meu espírito. (Ou deveria, coerentemente, dizer "a privada do meu espírito"?...)

    Depois disso, por duas vezes, em semelhante circunstância, eu telefonei para o Bem, e o telefonema, para usar os termos das bulas de remédio — muito a propósito, aliás —, surtiu o efeito desejado. Assim, além da fórmula mágica "chama o Bem", eu descobria agora, *ad usum meum*, uma outra fórmula: "Telefona para o Bem."

"E aí, Bem? Tudo bem?", eu começava, brincando.
Eu sabia que não, que não estava tudo bem, antes mesmo que ele me respondesse. Sabia que não estava e que, por uma espécie de impossibilidade ontológica, jamais estaria. Mas eu perguntava só para ouvi-lo.

Às vezes as coisas não eram tão graves, nem prestava eu muita atenção, já que, convenhamos, aquilo não tinha para mim nenhum interesse. Mas o tom da voz de Bem — um tom muito peculiar, que eu não tenho naturalmente como reproduzir aqui, no papel — já me embalava como uma música, já me fazia bem.

Era isso, porém, me perguntei um dia, era isso uma coisa digna, decente? Era? Não, não era, não podia ser... Fiquei um bom tempo refletindo sobre a questão. E aí, num repente, eu decidi: "Não vou mais telefonar para o Bem." Pronto. "Não vou." A menos, é claro, que fosse para algum serviço, meu ou de outrem.

Nem quinze dias, entretanto, se passaram, quando, muito chateado por algo afinal de contas irrisório — *what can I do?* —, eu quebrei a minha promessa e — *what could I do?* — novamente liguei para o Bem.

"Tranquilo, Bem?..."
"Mais ou menos", ele disse
"O que houve?"

"O cachorro, rapaz."
"O cachorro?"
"O xodó do meu caçulinha."
"Mas o que houve com ele, o cachorro?"
"Ele está cagando sangue."
"É?..."
"Está..."
"Chame o veterinário", eu disse.
"Veterinário?", ele respondeu. "Você sabe quanto está custando um veterinário?"
"Não", eu disse, "não sei."
"Ainda mais para vir em casa."
"Quanto que é?", eu perguntei.
"Uma fortuna", ele disse. "Eles estão cobrando mais do que médico."
"Veterinário é médico de bicho", eu disse, fazendo uma gracinha meio boba e fora de hora.
Eu poderia me oferecer para pagar, pensei, mais condoído do cachorro do que do menino, já que, para ser curto e grosso, eu tenho mais simpatia pelos cães do que pelas crianças; mas havia o perigo do precedente, o Bem se acostumar e..
"Deve ter rebentado um vaso", eu disse.
"Vaso?", ele disse. "Vaso foi o gato."
"O gato?", eu perguntei, sem entender.
"Minha mulher está uma arara com ele."
"Com ele quem?"
"Com o gato."

"Mas o que esse gato fez?", eu perguntei.
"Ele quebrou o vaso dela, um vaso de estimação."
"Hum...", eu disse.
"Era um vaso que a bisavó dela tinha dado para ela, um vaso de porcelana."
"Que azar, hem?..."
"Ela já não gostava dele, do gato; agora então... Ela diz que ele só fica dormindo."
"Mas gato é assim mesmo", eu disse; "gato dorme muito."
"Eu sei", ele disse, "eu sei disso."
"Gato dorme dezesseis horas por dia", eu disse, lembrando-me do que lera em algum lugar sobre os bichanos. "Dezesseis horas. Explica isso para a sua mulher."
"Eu? Se eu explicar isso para ela, aí é que... Aí é capaz até de ela dar sumiço nele."
"Explica para ela que é por necessidade, não é por vontade que eles dormem tanto."
"E ela vai entender isso?"
"Qual a dificuldade?", eu perguntei.
"Às vezes", ele contou, sem me responder, "às vezes o gato está lá dormindo, quietinho, ela chega e espeta ele com o dedo: 'Acorda, sô! Chega de ficar dormindo!'"
"Ela faz isso?"
"Você que não sabe: ela faz coisa muito pior."
"É?.."

"Ela é uma cabeça-dura", ele disse. "A cabeça dela é mais dura que pedra. Ali não entra nada."

"Hum..."

"Eu expliquei para ela: 'Sula, o gato quebrou o vaso porque ele estava perseguindo o rato.'"

"E ele pegou?", eu perguntei.

"Como?"

"O gato", eu disse; "ele pegou o rato?"

"Você acha?..."

"Não?"

"Pegou nada, rapaz. O rato foi mais esperto, ele fugiu."

Gato do Bem, pensei, o que se poderia esperar?...

"Mas, Bem", eu disse, "eu estava aqui falando do canino, não do felino."

"Como?"

"O canino, o cachorro."

"Ah..."

"Às vezes arrebentou um vaso, daí o sangue. Às vezes um vasinho de nada, e..."

"Você acha?"

"Eu acho", eu disse, embora não achasse muito; mas não era melhor falar assim do que dizer algo negativo? "Amanhã seu cachorro já vai estar bom, você vai ver..."

"Não é meu", ele disse, "é do meu menino."

"Pois então? Amanhã o cachorro do seu menino... Olha, Bem, eu não estou xingando seu menino, não, hem?... Eu..."

Dessa vez a brincadeira fora oportuna, e pareceu-me vê-lo sorrir.

"Fique tranquilo", eu disse, terminando a conversa, que já ia longa, fugindo à minha intenção.

Tranquilo podia ser até que ele ficasse, mas eu não; eu não fiquei. Aquilo me pesou na consciência (ainda a tenho, rapazes, ainda a tenho...). De manhã, logo que me levantei e antes mesmo de tomar o café — e, pensei, antes de o Bem talvez sair para a rua —, eu liguei para ele.

"Bem, *good morning!*", eu disse, num tom pra cima.

"É o Stan?"

"Sim, o Stan, seu amigo."

"Obrigado...", ele disse, humilde.

"E então?", eu perguntei. "E o *dog*?"

"Como?"

"O cachorrinho. Alegre e saltitante?..."

"Você não há de ver, rapaz...", ele respondeu.

"O quê?"

"Ele morreu."

"Morreu?..."

"Morreu, sô..."

"Que chato, Bem..."

"Pois é... O coitadinho continuou a botar sangue pra fora e até pela boca; e aí..."

"Hum..."

"Eu acho que nem um veterinário teria dado jeito..."

"É", eu disse, me consolando, de certa forma, com aquilo, por não ter dado a ajuda que eu poderia dar.

"E sabe o que foi isso?", Bem continuou.

"Isso?", eu perguntei.

"O que matou o cachorro."

"O que foi?"

"Veneno."

"Veneno?"

"Só pode ser", ele disse. "O cachorro estava bonzinho de tudo..."

"Mas quem iria envenenar o cachorro?", eu perguntei. "Quem iria fazer essa maldade?"

"O vizinho."

"O vizinho?"

"Um dia ele veio aqui reclamar; ele disse que o cachorro estava latindo muito e atrapalhando ele dormir."

"Hum..."

"Agora, as formigas, né, as formigas ele não vê, não..."

"Formigas?", eu perguntei.

"As formigas que vêm do quintal dele. Elas estão acabando com a nossa hortaliça."

"Hum..."

"E eu acho que o rato, o tal rato, veio foi de lá também, do vizinho. O quintal dele é uma imundície. Ele nunca limpou, você acredita?"

"Faça uma queixa à prefeitura", eu sugeri.
"Queixa? Você está é louco."
"Por quê?"
"Você não conhece o meu vizinho."
"Quem é ele?", eu perguntei.
"O Tonhão."
"Tonhão?..."
"Não ouviu falar?"
"Não", eu disse.
"Tonhão. Ele é que é o meu vizinho. Um cara grosso. E ainda, por cima, violento. Dizem que ele já apagou dois."
"É?..."
"Me contaram. Se isso é verdade, eu não sei; mas me contaram."
"Você está mal, hem, Bem?", eu disse, mais uma vez fazendo uma brincadeira boba e fora de hora.
"Eu acho que é ele que deu o veneno para o cachorro", voltou a dizer; "porque o dia que eu te contei que ele veio aqui reclamar — dia mas foi à noite, às três da madrugada."
"Três?"
"Três, três da madrugada. Esse dia ele disse: 'Ou você dá um jeito na merda desse seu cachorro ou eu dou...'"
"Ele falou assim?"
"Assim, desse jeito; 'ou você...' Ele falou desse jeito."

"Que cara, hem?..."

"É..."

"Poxa..."

"Mas o que me deixou mais chateado", Bem continuou, "o que me deixou mais chateado sabe o que foi?"

"O quê?"

"Foi ver que ele estava com um berro na cintura."

"Berro?"

"Berro; ele estava com um berro na cintura."

"Puxa..."

"Um trinta e oito."

"Pra quê?"

"Pois é: pra quê? Será que ele pensou que eu ia enfrentar um cavalão daqueles? Será?..."

"É..."

"Será que... Isso é o que me deixou mais chateado; não foi ele falar, nem reclamar; foi o berro. O berro é o que me deixou mais chateado."

"É, Bem", eu disse, "pelo que eu estou vendo... Eu acho que o melhor que você tem a fazer é mudar-se daí; e já, antes que esse cara apronte alguma pior com você..."

"Fácil, né?", ele disse.

"Fácil o quê?", eu perguntei.

"Mudar."

"Hum."

"Onde que eu vou arranjar uma outra casa? Onde? Me diga."

"Arranja", eu disse. "Quem procura acha."

"Se eu pudesse", ele disse, "se eu pudesse, eu até que mudaria. Mas, também, sô... Eu suei para adquirir essa casa, foi a coisa mais difícil do mundo; e, agora que eu tenho, eu..."

"A gente age de acordo com as circunstâncias", eu disse. "A gente... Como diz o provérbio: a gente dança conforme a música."

"Até que aqui era tranquilo", ele contou. "Tinha a casa ali e o quintal, mas o vizinho, o dono, era um sujeito bom. Ele nunca me deu o menor problema; nunca. Mas aí... Aí ele mudou e alugou a casa para o Tonhão."

"Uma hora o Tonhão também muda...", eu disse.

"O que você pensa? Eu rezo dia e noite para isso acontecer. Já fiz até uma novena pra Santo Antônio."

"Uma hora ele muda..."

"Para ter um vizinho como esse", disse Bem, "eu preferiria ser vizinho do diabo."

"Bom, Bem, eu tenho de ir para o escritório, já estou até meio atrasado..."

Despedi-me dele.

Tomei rapidamente meu café, peguei minha pasta e saí.

E aí, senhores membros do conselho de sentença, aí vem a parte mais nefanda desta história...

Foi agora, há poucos dias, numa manhã de domingo.

Estou eu lá, debaixo dos cobertores, em pleno sono, no meu justo, ou não, repouso dominical, quando toca o telefone. Arrasto-me até a sala, deixando pelo caminho todos os palavrões que eu conhecia, e atendo.

"Alô", digo, com a voz mais soturna possível.

"*Good morning!*", ouço, do outro lado.

"*Good morning?...*", eu estranhei.

"É o Stan?"

"Sim, o Stan; e aí?"

E aí, quem é o filho da puta que me acordou essa hora?, ia eu dizendo.

"Aqui é o Bem, Stan", a voz disse, num tom constrangido, depois de perceber meu azedume.

"Bem?", eu ainda perguntei.

"O Astrogildo", ele disse, "o desentupidor de privada."

"Ah...", eu disse, mudando então o tom. "Desculpe-me, Bem; é que..."

"Não", ele disse, "eu é que peço desculpa, por ligar essa hora; ainda mais no domingo... Mas é que... Você é meu amigo, você sempre me escutou nas minhas dificuldades, escutou com a maior paciência, a maior boa vontade; e então..."

"Tudo bem, Bem", eu disse, cortando-o, quase sem ocultar a minha pressa em acabar a conversa e poder, então, voltar para a cama. "Mas o que foi que aconteceu? Qual é o problema?"

"Uai, sô", ele disse, "eu acho que dessa vez não é problema: eu acho que dessa vez é a solução do problema."

"Solução?", eu perguntei, e pensei: será que o Bem pirou?...

"Se não de todos os problemas", ele continuou, "pelo menos de quase todos..."

"O que aconteceu, Bem?", eu perguntei.

"Eu ganhei, rapaz."

"Ganhou? Ganhou o quê?..."

"Na loteria."

"Na loteria?..."

"Na megassena."

"Na megassena?", eu perguntei, sem poder acreditar, ou, talvez, melhor: sem querer acreditar. "E quanto que isso vai dar para você, Bem?"

"Uai, sô, parece que uns vinte milhões..."

"Vinte milhões?", eu repeti. "Você está brincando..."

"É, sô..."

Aquilo foi como se caísse uma bomba na minha alma.

"Mas então você está rico, Bem", eu disse.

"Parece, né?..."

"Rico não: você está milionário."

"É... Eu acho que vinte milhões já dão pra gente fazer alguma coisinha, né?..."

"Você tem certeza?", eu perguntei, com a esperança de que ele não tivesse, de que aquilo — ó maldade! — não passasse de um engano.

"Vamos dizer", ele respondeu, "certeza, certeza mesmo, eu não tenho. É que eu ouvi no rádio, ontem à noite, e aí, na hora que o sujeito disse as dezenas, houve um barulhão lá fora — um trator de esteira que passou na rua —, e eu não ouvi muito bem, fiquei depois com uma certa dúvida. Mas..."

Bom, pensei comigo — este poço de maldade —, as coisas já estavam melhorando, não eram bem como pareciam...

"Vinte milhões mesmo, Bem?", eu continuei. "Será isso tudo?"

"Rapaz, à hora que eu ouvi, eu fiquei até meio passado; acho que é por isso também que eu estou um pouco com essa dúvida."

"Vá à loteca", eu disse; "o que você está esperando?"

"Eu vou", ele disse; "eu vou lá. Mas hoje é domingo, né? Hoje lá está fechado. Amanhã eu vou; amanhã, antes de abrir a loteria, eu já estarei lá na porta."

"E aí você me telefona."

"Telefono, eu telefono, sim; eu quero partilhar com você essa alegria. Foi por isso que eu quis te dar logo a notícia; mais uma vez, desculpe..."

"Tudo bem, Bem..."

"Acho que você também fica contente, não fica?"

"Claro..."

"Minha mãe sempre dizia: 'Deus protege quem trabalha.'"

"É isso aí..."

"Acho que eu agora vou dar um jeito na minha vida. Chega de desentupir privada. Isso não é trabalho para uma pessoa decente."

"Todo trabalho é digno", eu disse.

"Ficar mexendo com a bosta dos outros..."

"Laboratório também mexe", eu lembrei.

"Essa noite eu nem dormi", ele continuou, sem me escutar. "Nós passamos a noite fazendo planos, eu e a Sula."

"Se você precisar de um motorista...", eu disse.

Ele deu uma risada, e aí, essa hora, eu tive um pensamento engraçado: que eu, até aquele dia, não conhecia a risada do Bem. Acho que era a primeira vez que eu o via — ou, melhor, ouvia — dar uma risada. Foi esquisito: parecia que a risada não era dele; parecia que a risada era de uma outra pessoa, uma risada emprestada...

"Mas está bom", ele disse, concluindo, "segunda eu te ligo."

"Estarei esperando", eu disse. "Esperando e torcendo para que seja mesmo verdade."

"Verdade é", ele disse, com ênfase. "Deus não ia fazer uma coisa dessas comigo, né? Deus não ia fazer uma ruindade, me passar uma rasteira..."

Aquele telefonema — para ser bem direto —, aquele telefonema estragou o meu sono; eu não consegui mais dormir. Era como se fosse uma traição. Isso: uma traição. Que direito tinha o Bem, poxa, que direito tinha o Bem de se tornar milionário? Ainda mais assim, de uma hora para outra. Isso não estava no programa, não estava no *script*. E a impossibilidade ontológica?

"Hem, seu paspalho?", eu disse a mim mesmo, falando em voz alta. "E a impossibilidade ontológica? Onde que ela foi parar? No seu rabo?"

Não foi só o meu sono que o telefonema estragou: ele estragou todo o meu domingo, e seu efeito maléfico se estendeu, como era de se esperar, até a segunda-feira, deixando-me, como dizia um cliente meu, num péssimo mau humor, humor que me fez dar patadas até na minha sombra, depois de dá-las no porteiro do prédio ("há quantos dias esse tapete não é lavado?"), na minha secretária ("eu te disse, mais de uma vez, para arquivar esses papéis, você está aqui para quê?"), no garçom do restaurante ("o dia já está frio, e você ainda me traz uma comida fria?"), e por aí fui...

Trabalhar? Quase impossível, pela falta de concentração. A sorte é que aquele dia eu não tinha mesmo muita coisa a fazer. Eu podia até, se quisesse, dar uma flanada — a tarde estava bonita, agradável —, mas eu não quis, não queria me ausentar do escritório, arriscando-me a perder a chamada do Bem.

Mas nada, nada de o Bem chamar. Cada vez que o telefone tocava, era um sobressalto — e mais aumentava a minha irritação, ao ver que não era ele. O Bem deve ter ficado tão transtornado, eu pensei, ele deve ter ficado tão transtornado que nem se lembrou de me telefonar. Provavelmente — continuei pensando —, ele nem me telefonará mais, na sua nova condição, a de milionário. Telefonar para quê? Para que um cara que acabou de ganhar vinte milhões vai telefonar para alguém? Pasmem: cheguei a me sentir abandonado, desprezado pelo antigo desentupidor de privadas...

Vi, então, na minha imaginação, o Bem com a mulher e os filhos, em sua casa, que eu não conhecia, eles lá, no quintal, à sombra das árvores, comemorando o prêmio, na maior alegria, aquela balbúrdia. Vi até, vejam só, vi até o gato no colo da mulher, ela afagando-o — pois, na presente felicidade, toda a infelicidade passada se esquece.

Pensei, por comparação, na minha vida, minha vida de solteiro, minha solitária vida, sem mulher e sem filhos, sem casa, sem quintal, sem plantas, sem cachorro, gato e passarinho — e me senti o mais infeliz dos homens. Só não fui às lágrimas porque aí, também, já seria demais. Mas confesso que estive perto, a um passo delas...

Já em casa, à noite, não aguentei mais esperar — e liguei para o Bem./

"E aí, rapaz, comemorando tanto que até se esqueceu do amigo?..."

"Quem está falando?"

Pelo tom da voz, pra lá de sorumbático, eu já percebi que não tinha havido nada, e, francamente, foi muita maldade minha — mais uma — dizer que era "o motorista" dele...

"Motorista?...", ele repetiu.

"É o Stan, Bem..."

"Ah."

"Você não me ligou", eu disse.

"Ligar pra quê? Pra contar que eu quase morri?"

"Quase morreu?", eu perguntei, espantado.

"Minha mulher", ele disse.

"Sua mulher?"

"Ela foi me dar uma vassourada", ele contou, "e aí eu fui me desviar, escorreguei e bati a testa na quina da pia: e aí foi aquele mundo de sangue."

"Mas por quê?", eu perguntei.

"Por que o quê?"

"A vassourada."

"Porque eu cheguei em casa e contei para ela que eu não tinha ganhado."

"Na loteria?"

"É."

"Você não ganhou?"

"Nada", ele disse; "nem um centavo."

"Que chato, Bem..."

Haja hipocrisia...

"Eu contei para ela, e aí ela ficou tão furiosa que quis me matar."

"Ela não está aí agora?", eu perguntei.

"Não, ela foi na casa da mãe dela, buscar os meninos. Ainda bem que eles não estavam aqui na hora..."

"É..."

"O trem foi feio", ele disse. "Se não fosse o Tonhão..."

"Tonhão?", eu perguntei.

"O meu vizinho."

"Eu sei."

"Se não fosse o Tonhão, uma hora dessas eu não estaria aqui conversando com você — nós dois não estaríamos aqui conversando."

"O que ele fez, o Tonhão?", eu perguntei.

"Uai, sô, eu lá ia saindo, com a minha moto, para ir no Pronto-Socorro — mas eu acho que eu não chegaria nem à metade do caminho, pois eu já estava me sentindo meio tonto..."

"E aí?"

"Aí o Tonhão estava lá na calçada e me viu — ele viu o sangue na testa, né? Aí ele perguntou: 'Aonde você vai, rapaz?' Eu respondi: 'Eu vou no Pronto-Socorro.' 'Não', ele disse, 'você não vai, não; eu vou te levar.'"

"Hum..."

"Aí ele pegou o fusca dele, me empurrou para dentro e foi a mil para o Pronto-Socorro."

"Sei..."

"No caminho, ele quase bate numa carreta; se ele bate, não tinha nem graça: morríamos os dois na hora. O Tonhão é doido..."

"Eu estou vendo..."

"Mas aí, aí a gente chegou lá, no Pronto-Socorro, e a secretária: 'O doutor agora não pode atender, só mais tarde.' O Tonhão: 'Ele vai atender, sim. Se ele não atender, eu quebro isso tudo aqui!'"

Eu ri.

"É, ele falou desse jeito: 'Eu quebro isso tudo aqui!'"

Eu tornei a rir.

"A secretária ficou apavorada."

"Hum..."

"Aí ela foi lá dentro, voltou e disse que era para eu ir para a enfermaria, que o médico estava lá, me esperando."

"Sei..."

"E aí sabe o que ele disse, o médico?"
"O quê?"
"Ele disse que se eu demorasse mais alguns minutos a chegar no Pronto-Socorro, eu tinha batido as botas..."
"É?..."
"Ele não falou assim, 'batido as botas', mas..."
"Quer dizer que o Tonhão salvou sua vida...", eu disse.
"Salvou; o Tonhão salvou minha vida."
"Como são as coisas, hem?..."
"Pois é..."
"Agora você está bem..."
"Bem? Eu estou vivo, né?..."
"Pois então?"
"Já é alguma coisa, né?..."
"Claro, Bem, claro...", eu disse.
Ah, o Bem, pensei, depois de desligar, pegando o meu copo e a garrafa de uísque — o que também vou fazer agora, dando por findas estas linhas...

Quando fiz sete anos

Lá estava meu avô, lá estava como se lá sempre estivera, naquele quartinho, entre aparelhos elétricos que não funcionavam mais — rádios, ferros, liquidificadores — e com várias ferramentas: chave de fenda, alicate, martelo...
Quando mais novo, porém, ele fora dono de uma loja de aparelhos eletrodomésticos — a primeira em nossa cidade —, com ela criando uma família de oito filhos. Depois, com o avançar da idade e suas limitações e doenças, foi se afastando da loja e, em seguida, do convívio social, recolhendo-se à sua casa. Ao morrer minha avó, aceitou morar com um dos filhos, que, além de um quarto para dormir, lhe cedeu o quartinho do fundo, onde ele passava a maior parte do tempo e que ele chamava de "oficina".
Era lá, na oficina, que eu ia encontrá-lo. Sentava-me num antigo tamborete de couro, a seu lado, diante de uma mesa encostada à parede e encimada por uma prateleira cheia de latinhas e caixinhas de tamanho variado, dentro das quais estavam pregos, parafusos, porcas, ruelas, fios,

arames... Sentava-me e ficava observando-o trabalhar. Às vezes o ajudava em pequenas coisas.

Eu não entendia bem o que ele fazia, nem ele me explicava — sempre fora de poucas palavras —, mas eu percebia, por sua expressão, que ele tinha dificuldade em fazê-lo e que isso o deixava aborrecido. Ele abandonava então, por um momento, o serviço e dava um suspiro fundo, um suspiro de desânimo. Depois olhava para mim e aí, descontraindo-se, sorria ou dizia alguma coisa divertida.

No dia do meu aniversário, quando fiz sete anos — um dia que ficou marcado em minha memória, com todos os seus detalhes —, eu, cedo ainda, fui à sua casa. Falei do aniversário e o convidei para a festinha, à noite. Ele me abraçou apertado, mas disse que não poderia ir e que eu não reparasse. Depois ficou um instante pensativo, coçando o queixo — o rosto quase sempre com a barba por fazer —, e então pediu que eu esperasse um pouco lá fora.

Eu esperei, ansioso.

Passados alguns minutos, chamou-me de volta e me entregou um pequeno objeto, embrulhado em papel cor-de-rosa (papel que na época se usava para embrulhar tudo, nos armazéns, lojas, padarias, e que, com o advento do plástico, atualmente já quase caiu em desuso) e amarrado com um barbante (hoje também, pelo mesmo motivo, quase peça de museu).

"Um presentinho de seu avô...", disse ele.

Eu agradeci e, doido para abrir o embrulho, fui para casa, a três quarteirões dali, voando como um alegre pássaro da manhã.

"Pai", eu disse, "olha aqui: o Vô me deu um presente!"

Fui desamarrar o embrulho, mas não consegui.

Entreguei-o a meu pai.

Ele também teve dificuldade.

"Seu avô caprichou, hem?...", brincou. "Deve ser um presente muito bacana..."

Eu dei uns pulinhos de alegria, como costumava fazer essas horas.

Finalmente meu pai conseguiu desatar o barbante. Tirou o papel, mas aí havia um outro papel, mais bonito, vermelho, embora um pouco amassado e desbotado; e um outro barbante, mais fino, de cor amarela.

Eu já não aguentava mais esperar.

Então apareceu o objeto, que, à primeira vista, julguei ser um relógio, mas que meu pai disse que não, não era um relógio: era uma bússola.

"Bússola?...", eu disse.

Eu nunca tinha ouvido falar naquilo.

"O que é bússola?", perguntei.

Sem responder, meu pai continuou examinando o objeto.

"O Papai...", disse então, com um sorriso, entre reprovativo e condescendente.

Minha mãe estava perto e se aproximou, curiosa, querendo saber o que era.

"O Papai...", meu pai repetiu, no mesmo tom de antes. "Ele deu essa bússola para ele..."

"Bússola?", minha mãe se admirou.

Meu pai passou a ela a bússola.

Eu ali, esperando, sem saber o que era uma bússola e para que bússola servia. E sem entender aqueles sorrisos dos dois.

Por fim, meu pai me explicou o que era uma bússola e para que ela servia. Ele falou sobre a navegação antiga, os fenícios, os astros, a época dos descobrimentos marítimos, a aviação — quase uma aula de história naqueles poucos minutos.

Eu já estava empolgado com o meu presente.

Então veio o choque, a ducha de água fria:

"Só que essa aqui", disse meu pai, "essa aqui não serve para nada."

"Por quê?", eu perguntei.

"Porque ela está estragada."

"Estragada?"

Ele me explicou; mostrou que a agulha estava sem funcionamento, balançando — e sacudiu a bússola, fazendo um barulhinho parecido com o de um chocalho. Disse que, com uma bússola perfeita, não acontecia aquilo: a agulha se movia por magnetismo.

"Magnetismo?", eu perguntei. "O que é magnetismo?"

Ele, novamente, explicou — mas, dessa vez, eu quase não o escutei, sentindo uma dor que subia devagarzinho do fundo do peito e ia tomando conta de todo o meu ser.

"Essa aqui não serve para nada", meu pai tornou a dizer, e me entregou a bússola, de um jeito que era quase como se dissesse: "Pode jogar isso fora."

Os dois, meu pai e minha mãe, foram cuidar de suas obrigações cotidianas e me deixaram ali, no meio da sala, com aquela coisa na mão — aquele objeto inútil.

Então minha dor começou a ser substituída por uma sensação de logro, de que meu avô me fizera de bobo, abusara de mim por eu ser criança e não entender das coisas — eu, que gostava tanto dele, que o ajudava na oficina, que...

Aí me veio uma raiva, uma raiva imensa, que me levou de repente até o jardim de casa, de onde eu iria atirar a bússola na rua, para que ela se espatifasse e fosse esmagada pelas rodas dos carros que passavam.

Eu já ia atirá-la, quando, sem saber por quê, não o fiz. Olhei-a novamente, em minha mão, as letras bonitas e grandes, a estrela, a agulha, com o barulhinho — e minha raiva foi diminuindo.

Confuso, sem saber o que fazer, voltei para dentro com a bússola. Guardei-a então no lugar mais escondido de meu quarto — o fundo da última gaveta da cômoda — e voltei minha atenção para outras coisas, naquele dia tão importante para mim.

À noite, a festinha do aniversário: bolo, biscoitos, docinhos, salgadinhos e guaranás. A casa se encheu de amigos e parentes — e minha cama se encheu de presentes: um revólver de espoleta, um jogo de sorte, um quebra-cabeça de madeira, uma bola de borracha, um livrinho de história infantil...

A bússola? Guardada lá onde eu a pusera. Nem de longe pensei em colocá-la na cama, junto aos demais presentes: estes, novos, interessantes, alguns caros...

O aniversário passou, os dias comuns voltaram, mas uma decisão eu tomara em meu íntimo, sem comunicá-la a ninguém: eu não iria mais ao meu avô. Não, não iria. Nunca mais.

Algum tempo depois, talvez um mês, meu tio, sempre muito ocupado e que quase não ia à nossa casa, apareceu lá para conversar sobre um assunto com meu pai.

Ao me ver, ele disse:

"Uai, sobrinho, você sumiu lá de casa. Seu avô pergunta sempre por você. Eu acho que ele está sentindo a sua falta. Vai lá..."

Eu balancei a cabeça, mas não disse nada: nem que ia, nem, muito menos, por que não estava indo — e, de modo algum, que eu não iria mais.

Mas fui; um dia acabei indo.

Cheguei, encontrei o portão aberto e fui entrando, até a área do fundo, para onde dava o quartinho, a oficina.

Aproximei-me sem fazer barulho.

Meu avô estava lá, mas dormia. Sentado na cadeira, a cabeça tombada ao peito, segurava no colo os óculos; um pequeno movimento, e eles cairiam no chão, de ladrilho, certamente se quebrando.

Cheguei perto e pus, de leve, a mão em seu braço: "Vô...", eu disse.

Ele não se mexeu.

Com todo o cuidado, retirei de sua mão os óculos e os depositei na mesa. Depois fiquei observando-o um pouco, e aí peguei o tamborete e pus no lugar onde eu sempre me sentava. "Acho que ele vai entender", pensei. Então, com o mesmo silêncio com que chegara, eu fui embora.

Poucos dias depois eu entrava para a escola — novidade que ocupou inteiramente o meu tempo e a minha cabeça.

No mês seguinte, meu avô adoeceu de repente e veio a falecer, sem que eu tornasse a vê-lo.

Os anos se passaram, cresci, fiquei moço, casei, tive filhos.

Meus pais já morreram, meu tio também, muita gente daquele tempo já morreu.

Dos presentes, os presentes que eu ganhei aquele dia, quando fiz sete anos, só restou um — este, que eu vim guardando comigo ao longo dos anos e em todos os lugares onde morei: uma velha bússola estragada.

Engraçado, não é?

Corpos

"Rapaz... Putz!... O trem foi feio, hem?..."
"Claro; um acidente em que morreram quase duzentas pessoas, o que você queria?"
"Olha esse aqui: as tripas. Que coisa mais horrorosa..."
"É..."
"O cara era gordo; ele morreu segurando a barriga..."
"É..."
"Coitado... Será que ele já caiu com a barriga aberta assim, por causa da pressão da queda, ou será que foi depois que o avião caiu?"
"Sei lá, poxa. Não sei nem quero saber. Só espero que isso nunca aconteça comigo."
"Decerto foi depois que o avião caiu, senão saía tudo pra fora, né?"
"Pode ser."
"Está parecendo barriga de porco; é igual quando meu tio matava porco, lá na fazenda, aquela tripaiada em cima da mesa de madeira..."
"Abra um porco e verás teu corpo, dizia minha avó."

"Caraca! Olha a perna, olha a perna daquele ali... Está parecendo um pedaço de pau preto..."

"Ela foi carbonizada."

"Rapaz... Pelo jeito, só ficou o osso."

"É..."

"Credo..."

"Aí, as rodas do avião."

"Grande, hem?"

"É um Boeing."

"Elas ainda estavam soltando fumaça. Ou não é fumaça?"

"É, é, sim; é fumaça. Às vezes fica assim muitos dias. A borracha vai queimando devagar, custa a parar."

"Passa aí."

"Mais corpos..."

"Nossa... Um, dois, três... quatro... cinco... seis... Seis corpos! Que horror!"

"É..."

"Tem um ali que parece que está sem a cabeça. Aquele ali, olha. Ou não é?"

"Acho que a cabeça dele ficou escondida. Mas teve muita gente mutilada; alguns eles..."

"Pode passar."

"Alguns..."

"Ih, olha esse! Que coisa mais feia... Está de olho aberto! Está parecendo que ele ainda estava vivo."

"Vivo? Com uma pancada dessas? Não escapa ninguém, meu chapa; nem por milagre."

"Rapaz..."

"No começo os parentes acharam que ainda podia ter algum sobrevivente, a pessoa ficar pendurada numa árvore dessas aí..."

"Parece que elas são altas, né?"

"São."

"Não dá bem pra gente notar, mas..."

"Elas são; bem altas... Não sei quantos metros de altura, mas... Mata fechada..."

"O lugar parece até agradável."

"Agradável? Agradável aqui, no vídeo, a gente vendo nesta sala com ar condicionado. Lá, meu filho, lá são só quarenta graus de temperatura; o cara tem de beber água toda hora, senão... E os mosquitos? As abelhas, os marimbondos..."

"Aquilo ali é um passarinho?"

"Parece."

"Naquele galho."

"Está parecendo."

"Aumenta aí. É, rapaz, é um passarinho."

"É, sim."

"Todo tranquilo."

"É..."

"Ele não está nem aí..."

"É..."

"Mas esse aqui, esse cara aqui, esse está impressionante: parece que ele estava mesmo vivo.

Olha os olhos: arregalados, estatelados... Está parecendo aqueles caras de filme de terror."

"Está mesmo..."

"Puxa aí, pra gente ver de mais perto..."

"Aí..."

"Santa Mãe de Deus!"

"Dá medo, né?"

"Rapaz..."

"Dá até medo."

"E aquele ali, mais na frente? Está parecendo que é uma mulher..."

"Havia várias."

"Ou é um homem gordo?"

"Está parecendo mais que é uma mulher. Não dá muito para distinguir, a cara está deformada..."

"Tinha uma moça muito bonita, eu vi no jornal. Acho que ela estava viajando para participar de um concurso de miss. Será que a gente acha ela aí?"

"Só tem mais duas fotos."

"É?"

"Essa aqui..."

"Olha, aquela ali está parecendo uma moça; será que é ela, a tal?"

"Mulher é, olha o vestido."

"Parece que está dando pra ver até a calcinha..."

"Não, sô."

"É, sim, sô: é a calcinha."

"Não; isso é uma folha que caiu ali."

"Que folha; é a calcinha."

"Você está enxergando demais. Olha aí, olha: agora dá pra ver bem. Não é uma folha?"

"É, parece que é... Folha ou alguma outra coisa que caiu aí."

"Algum galhinho de árvore."

"É..."

"Ou então..."

"Uai, mas..."

"O quê?"

"E as crianças?"

"Crianças?"

"Eu li que havia várias crianças..."

"Havia."

"Será que elas foram carbonizadas?"

"Não sei."

"Ou então os bichos da mata carregaram e comeram, né?"

"Pode ser."

"É uma hipótese..."

"É..."

"Porque..."

"Essa aqui agora é a última; a última foto: um pedaço do avião."

"Partiu ao meio, hem? Que pancada!"

"Também, caindo de não sei quantos mil metros de altura... Se não fosse essa mata aí, essas árvores, não sobraria nada, nem pedaços."

"As ferragens... Que bagunça, hem? Misturou tudo."

"É..."

"Uma garrafa de Coca-Cola, olha ali..."

"Eu já tinha visto."

"Os caras não perdem uma chance, hem?..."

"Essa é boa..."

"A gente fica pensando, né? A gente fica pensando: o sujeito está lá, curtindo a sua Coca e comendo o seu sanduíche, ou então recostado na poltrona, feliz da vida, olhando, pela janelinha, o céu azul lá fora, a aeromoça passando..."

"Não é mais aeromoça: agora é comissária; comissária de bordo."

"Tudo tranquilo, tudo perfeito. E de repente um barulho, o susto, o pavor, o desespero, a gritaria. E então o estrondo, a dor, e pronto, mais nada, acabou-se tudo, fim."

"É..."

"Agora só um monte de corpos esmagados, mutilados, carbonizados. E o silêncio da mata, e o céu azul lá em cima, aquele mesmo céu que ainda há pouco aquelas pessoas olhavam..."

"É, é isso mesmo..."

"É foda... Nem é bom ficar pensando nisso."

"Não é mesmo, não."

"Faz até mal."

"Faz mesmo..."

"Quem será que pôs isso na internet, hem?"
"Não sei..."
"Devia ser proibido, né?"
"Proibido?"
"Pensa: se fosse você ou alguém de sua família que estivesse aí; você gostaria que todo mundo estivesse vendo?"
"Eu não."
"Eu também não. É por isso que eu digo: devia ser proibido."
"Não há mais nada proibido, cara."
"Eu não entendo muito dessas coisas de internet, mas..."
"Não há mais nada proibido. A internet mostra tudo: de gente transando a gente morrendo, de gente matando a gente nascendo. Tudo."
"É..."
"É assim. Gostemos ou não, é assim."
"Enfim: aqui estamos, felizmente vivos, e espero que por muito tempo ainda."
"Tomara."
"E que, quando o nosso dia chegar, tenhamos uma morte tranquila."
"Assim seja."

Noite feliz

Entre, Pai. Entre, Mãe. Entre, Joaquim. Vô Zeca. Vó Mariquinha. Tio Nunes, Rosa. Que bom, que bom que vocês vieram — eu estou tão feliz. Vai ser uma noite linda. Vai ser a mais bela de todas as noites. Vamos, sentem, ocupem os seus lugares...

E o Pretinho? Por que o Pretinho não veio? Você também devia ter vindo, Pretinho. Aí eu te pegava e te punha no colo — você era tão macio, tão quentinho. Miau... miau... Que saudades, Pretinho...

Sentem, sentem. A senhora está tão bonita com esse vestido, Mãe. Vô, o senhor não larga seu cigarrão de palha, hem? E o senhor, Tio Nunes? Cuidado, não vai contar aquelas piadas bobagentas... Vó Mariquinha, sabe que a senhora fica muito elegante com esse coque? E a Rosa? A Rosa, sempre com esse sorriso... Joaquim, quantos anos, hem? Quantos anos... Muita água passou debaixo da ponte...

E o senhor, Pai? O senhor está tão sério, tão calado. Por que o senhor me olha assim? Por que o senhor não fala comigo? Fale, Pai; diga alguma coisa. Não fique me olhando assim. Vocês todos, parem de me olhar desse jeito. Por favor. Meu

Deus, meu Deus, tenha dó de mim... Eu não queria isso, juro que eu não queria...

Não! Não e não! Onde está sua fibra, menina? Minha fibra? Minha fibra está aqui — ora, bolas. Pensaram que eu fosse fraquejar? Pensaram? Pois estão muito enganados. Quem vos fala é a Aristotelina — a Lina. Há meses que eu venho planejando esta noite; pensam que eu vou desistir agora? Nunca.

Será uma noite única, uma noite sem igual. Nem todas as luzes de todas as casas juntas da cidade brilharão mais que esta casa nesta noite de Natal. Nem todas as luzes de todas as ruas. Nem... Ai, Lina, você é impagável; parece que você nunca saiu do palco. E não saí mesmo: você sabe, uma vez atriz...

Joaquim, lembra daquele Natal em que eu te pedi uma porção de lâmpadas — eu ia iluminar a casa toda, ia fazer um colar de lâmpadas —, e aí você me trouxe... Ah, meu Deus... Você me trouxe meia dúzia, Joaquim, meia dúzia de lâmpadas! Então eu disse: "O que eu vou fazer com meia dúzia de lâmpadas? O que eu vou fazer?" Aí você... Você disse... Eu não lembro... O que você disse?... Eu não estou conseguindo lembrar... Minha memória... Minha cabeça...

Noite feliz, noite feliz, o Senhor, Deus de amor, pobrezinho, nasceu em Belém.

Não foi fácil: cada garrafa, um posto. Naquele maior, o sujeito: "É para quê?" Eu: "Não é da sua conta." Ele: "Se eu não souber para quê, eu não posso vender." Eu, então: "É para tirar a cera do assoalho, assoalho de tábuas, casa antiga." Antipático. Depois, no último posto, o rapazinho: "E aí, vó, vai virar motorista agora?" "Vou, eu vou fazer uma viagem para o céu." "Então me leva com você, que a coisa aqui na terra tá braba." Mas ele foi gentil, ele foi atencioso...

Os sinos, eles estão batendo. Missa da meia-noite. Onze e quarenta e cinco: faltam quinze minutos.

Nunca houve ninguém tão só. Nunca, neste mundo, alguém se sentiu tão só. Nem se eu estivesse — só eu, só eu de gente —, nem se eu estivesse lá numa cratera da Lua ou num deserto de Marte. Se o telefone tocasse. Se o telefone tocasse, talvez...

Chega. É hora. A meia-noite se aproxima. Vamos. Noite feliz, noite feliz, o Senhor... Uma garrafa aqui; assim. Outra aqui... Agora esta... Mais esta... E esta... Pronto.

Que cheiro forte... Podia ser, em vez dele, o cheiro de jasmim, aquele cheiro que antigamente, nas noites de verão, entrava pela janela aberta e inundava esta sala, onde todos nos reuníamos e conversávamos e éramos felizes...

Meia-noite. Pego essa caixa; tiro um fósforo; risco e... Eis! O fogo!

Mataram o rapaz do posto

Movimentada durante o dia por causa do comércio — raras são aqui as residências —, minha rua é, à noite, a imagem da placidez. Poucas pessoas passam, poucos carros; é uma rua quase bucólica. Às vezes um gato atravessa de um lado para o outro: devagar, tranquilo, olhando só para a frente...

Nesse quadro, qualquer barulho um pouco fora do normal logo chama a atenção — e foi o que aconteceu naquela noite de uma, até então, tranquila terça-feira.

Eram quase oito e meia, e eu via, na sala, o noticiário na televisão: uma extensa reportagem sobre o aumento da violência nas cidades do interior — assaltos, sequestros, homicídios...

Então ouvi, lá fora, um barulho de vozes entrecortadas, passos apressados na calçada, um certo frufru nervoso. "Aconteceu alguma coisa", pensei. Preocupado, resolvi ir ver o que era.

Antes de chegar ao portão, já vi duas pessoas na calçada de lá, descendo afobadas; e, ao chegar ao portão, dei com o meu vizinho da esquina, o Tião, dono de um mercadinho, descendo também e também afobado. Ele me viu e parou.

"O que aconteceu, Tião?", eu perguntei.

"O que aconteceu? Acabou, cara! Acabou!"

"Acabou o quê?", eu perguntei.

"Tudo! Acabou tudo!"

Eu, que já estava meio alarmado com a reportagem da televisão, mais ainda fiquei — o coração de repente acelerando.

"Você não está sabendo?", ele perguntou, num tom quase de irritação; não irritação comigo, mas...

"Sabendo do quê?", eu perguntei.

"Mataram o rapaz do posto!", ele disse.

"Do posto?..."

"Do posto de gasolina, o posto ali de baixo; aquele rapaz branquinho!"

"Branquinho?"

"O rapaz lá do posto!", ele disse, gesticulando, nervoso.

Como eu não tinha carro, levei algum tempo para lembrar; mas aí lembrei, pois eu passava de vez em quando em frente ao posto e.. Sim, o rapaz do posto, o branquinho...

"Três tiros", disse Tião; apontou o indicador para o lado e disparou: "Tá-tá-tá. Três tiros. E agora ele está lá no chão, numa poça de sangue."

"Que coisa...", eu disse.

Eu ia falar na reportagem da televisão, que, pelo jeito, Tião não vira; ia falar na espantosa coincidência — mas achei que ele, agitado como estava, nem me escutaria.

"Acabou, cara, acabou! Entendeu? Isso na nossa rua, nessa rua tranquila; nunca houve uma coisa dessas aqui antes..."

Eu ia dizer que muitas coisas que nunca tinham havido antes estavam havendo agora e que o mundo...

"Um rapazinho", ele continuou, "um menino quase, na flor da idade..."

Eu balancei a cabeça, mostrando consternação.

"E trabalhador; ele ganhava a vida com o suor de seu rosto. Além disso, diz que ele ainda sustentava a mãe — a mãe é doente — e um irmão, um irmão paralítico."

"Puxa..."

"E agora?, eu te pergunto. O que será desses dois? Hem? O que será desses coitados?"

"É...", eu disse, penalizado.

"Quem vai sustentar eles? Você? Eu?"

"É..."

"Eu vou lá", ele disse, retomando o embalo; "eu vou lá ver; você não vai?"

"Não", eu disse; "eu não posso sair daqui agora."

Eu até que podia, mas... Sair para ver um morto? E naquela circunstância?

"Acabou, cara, acabou", Tião tornou a dizer, já andando; "na nossa rua, nessa rua tranquila!..."

Eu voltei para dentro. O noticiário já havia terminado. Desliguei a televisão e sentei-me no sofá. Sozinho em casa, fiquei pensando naquilo tudo — a reportagem, o assassinato do rapaz e outras coisas mais, ligadas à violência no país. E então foi me dando uma espécie de pavor, uma vontade de sair correndo para algum lugar bem longe. Mas que lugar, que lugar, se ali, na nossa rua — que era, como eu disse, a imagem da placidez, uma rua quase bucólica — um inocente era baleado?

Pensei nele, no rapaz, o branquinho; traços bem-feitos, sempre sorrindo, o cabelo liso, partido ao meio e caindo para a frente... Agora lá no chão, inerte, sob o olhar curioso e assustado da multidão. "Pobre rapaz", pensei; "pobres nós todos..."

Para fugir um pouco àqueles sentimentos opressivos, e em busca de companhia com que dividi-los, voltei ao portão, e — em mais uma coincidência naquela noite — lá vinha de volta o Tião, subindo a calçada. Vinha a passos lentos, mãos nos bolsos, a cabeça meio curvada — visivelmente afetado pelo que acabara de ver.

Aproximou-se e de novo parou diante de mim.

"E aí?", eu perguntei.

Ele desviou o olhar para o lado, como que sem jeito de responder.

"O que houve?", eu perguntei, estranhando.
"Esse povo...", ele disse.
"Esse povo?"
"Você não há de ver que..."
"Que..."
Ele mexeu a cabeça:
"O rapaz está lá", disse, com um ar desconsolado.
"Está lá?", eu perguntei. "Está lá como?"
"Está lá."
"Vivo?"
"Vivo."
"Uai, mas..."
"Vivinho, vivinho da silva."
"Mas você disse que..."
"Disse", ele me cortou, "eu disse mesmo; eu disse. Mas... Foi esse povo, esse povo é que..."
"E o que aconteceu então?", eu perguntei.
"O que aconteceu?..."
Ele cuspiu para o lado um pedacinho de alguma coisa que vinha mascando.
"Não aconteceu nada", disse.
"Nada?"
"Bom: para não dizer que não aconteceu nada, aconteceu o tiro, né?"
"Tiro?"
"Um tiro na perna."
"Na perna?"
Ele sacudiu a cabeça.

"E os caras?", eu perguntei.

"Que caras?"

"Os assaltantes", eu disse.

"Quem falou em assalto?"

"Não houve um assalto?", eu perguntei.

"Não, não houve nada", ele disse; "nem assalto nem nada; só o tiro."

"Mas então quem deu o tiro?", eu perguntei, já meio impaciente.

"O tiro?"

"É", eu disse. "Quem deu o tiro?"

"Você quer mesmo saber como foi?", ele perguntou.

"Quero", eu respondi; "você não está me contando?"

"Bom...", ele disse, pondo as mãos na cintura.

Olhou para um lado, para o outro, para o chão, e então, finalmente, para mim:

"Foi um gambá", disse.

"Gambá? Um gambá que deu o tiro?", eu perguntei, por mais absurda que fosse a pergunta.

"Não", ele respondeu, calmamente, "não foi um gambá que deu o tiro... Só se ele fosse um gambá ensinado, né? Um gambá de circo."

"Às vezes ele era", eu disse, não querendo ficar por baixo.

"Não", ele disse, "esse não era, não; esse era um gambá do mato mesmo, um gambá vagabundo..."

"Hum..."

"Ele apareceu vindo não sei de onde e foi parar lá no posto, lá no fundo, onde eles lavam os carros."

"Ele talvez estivesse com sede..."

"Sede?"

"Tem vindo muito bicho para a cidade."

"É, pode ser... Eu não tinha pensado nisso..."

"Pois é..."

"Mas aí, veja só: aí o rapaz foi pegar o revólver do patrão — o revólver ficava lá na gaveta, né? —, foi pegar o revólver pra matar o bicho, e aí o que aconteceu?"

"O quê?"

"Aconteceu que, com o revólver já engatilhado, o rapaz tropeçou numa latinha de óleo que estava no chão, e aí o revólver caiu, disparou e acertou a perna dele."

"Quer dizer então que foi o chão que deu o tiro."

"É; foi o chão que deu o tiro..."

"E aí?", eu perguntei.

"Aí, à hora que o rapaz viu o sangue, ele aprontou o maior berreiro: 'Socorro! Eu tou morrendo! Me acode!'"

"Hum..."

"Agora eu te pergunto: um cara que está morrendo tem força pra aprontar um berreiro desses? Tem? Ah, vai tomar banho na soda, sô..."

Eu ri; agora já dava para rir. Ri com alívio, sabendo que não tinha acontecido nada — nada ou quase nada —, que ninguém tinha morrido, que nossa rua, pelo menos por enquanto, continuava a ser a rua tranquila que sempre fora, e que...

"Aí", Tião prosseguiu, "aí foi aquele corre-corre, gente se escondendo, gente chamando a polícia, gente... Foi aquele frege..."

"E o rapaz, então, continua lá..."

"Continua; ele está lá. O Neco — o Neco da farmácia —, o Neco foi lá e fez um curativo nele. Saiu pouco sangue; foi um ferimentozinho mixuruca..."

Eu sacudi a cabeça.

"Agora imagina: você, ou eu, ou quem quer que seja, vai passando tranquilamente na calçada à noite, em frente ao posto; vai passando todo tranquilo, assobiando — e, de repente, sem mais aquela, pá! vem lá de dentro uma bala, e pronto: está lá você plantado no chão, sem nenhuma explicação."

"É...", eu disse.

"Se fosse um assalto", ele disse, "se fosse um assalto, estaria certo: o cara te assalta; você reage; aí o cara te dá um tiro. Está certo. Você reagiu e levou o tiro. Tem lógica. Às vezes você pode até morrer; mas tem lógica, tem explicação."

"É", eu disse.

"Agora imagina você passando todo tranquilo em frente ao posto, e aí vem lá de dentro uma bala e te acerta bem na orelha. Tem lógica? Tem explicação uma coisa dessas?"

"É..."

"Não tem."

"É verdade..."

"E se a bala acerta a bomba de gasolina? Já pensou?"

"É mesmo, hem?"

"E se a bala acerta a bomba de gasolina?"

"Nem é bom pensar..."

"Seria uma tragédia!"

"Seria mesmo."

"Poderia pegar fogo no quarteirão inteiro!"

"No quarteirão não digo, mas..."

"É, no quarteirão não, mas pelo menos numa porção de casas."

"É..."

"Agora eu te pergunto: um rapaz desses serve pra trabalhar num posto de gasolina?"

"É..."

"Serve?"

"Parece que não, né?"

"Onde está a cabeça dele?"

"É mesmo..."

"Ele é um desmiolado; esse rapaz é um desmiolado. Essa bala devia ter acertado é a bunda dele ou então o saco, pra ele aprender a lição."

Eu ri.

"Vamos entrar", eu o convidei.

"Não", ele disse; "eu quero ver se ainda pego o resto da novela. Uma parte eu já perdi, por culpa daquele descabeceado..."

"E o gambá?", eu lembrei de perguntar, quando Tião já ia se afastando.

"O gambá?", ele respondeu. "Sei lá. O gambá uma hora dessas deve estar escondido em algum lugar, né? Deve estar escondido e dando gargalhada..."

Você verá

Pego um táxi no hotel. São quatro e quinze; o dia ainda está escuro. Nas ruas, iluminadas, não há quase nenhum movimento: nem de gente, nem de carros. A cidade dorme.

O táxi me deixa na rodoviária, que também, a essa hora, está quase deserta, com quase tudo fechado. Mas eu descubro um barzinho aberto e vou até ele.

O dono — um simpático senhor de meia-idade, cabelos grisalhos, bigode — faz uma expressão de surpresa ao me ver entrando. Eu explico: meu ônibus era às seis, mas eu não tinha ainda comprado a passagem, e então... Ele sacode a cabeça, concordando. Pergunta o que eu quero.

"Um cafezinho."

"Cafezinho ainda não tem", ele diz; "mas eu vou fazer."

"Eu espero", eu digo.

Deixo a minha mala, pequena, no chão, empoleiro-me no banquinho, diante do balcão, e fico esperando.

No bar — um cômodo onde, além do essencial para o bar funcionar, mal cabem as duas mesas com cadeiras que nele estão — só há nós dois, e nenhum de nós diz nada enquanto ele faz o café.

Pendurada na parede, num quadro, há uma foto da cidade, uma vista aérea. A foto é grande e está numa moldura caprichada.

Ele despeja a água fervente, e uma fumacinha sobe, espalhando pelo ar o cheiro bom de café coado.

Pega então uma xícara e um pires, brancos, de louça, e os põe na minha frente. Em seguida, puxa para mais perto de mim o açucareiro e um copinho de vidro com as colherezinhas.

Tomo o primeiro gole. Ele fica à espera, me observando. Então pergunta:

"Está bom?"

"Está", eu digo; "está ótimo."

Ele sorri, contente.

"Mais alguma coisa?"

Olho, através do vidro do balcão, os doces e os salgadinhos. Não há muito o que escolher...

"Um pão de queijo", digo.

Ele pega, com o pegador de metal, um pão de queijo — o maior, eu noto — e me dá.

"Você é mineiro?", pergunta.

"Por causa do pão de queijo?"

"Não, não é por causa do pão de queijo", ele diz; "é porque mineiro não perde o trem..."

Eu rio e repito a minha explicação sobre a passagem.

"Você está certo", ele diz, amável.

"E o senhor?", pergunto, para ser educado. "O senhor é daqui?"

"Daqui não tem ninguém, meu filho", ele diz. "Aqui todo mundo é de fora."

Eu balanço a cabeça, meio envergonhado da pergunta que fizera, pois...

"Eu vim do norte", ele continua. "Eu deixei tudo e vim para aqui. Eu deixei até a minha família."

"Sei..."

"Você já conhecia Brasília?", ele pergunta.

"Não; eu vim conhecer agora."

"Gostou?"

"Gostei. Achei a cidade bonita."

"Você foi ao Palácio da Alvorada?"

"Fui."

"E ao Palácio do Planalto?"

"Fui."

"E à Catedral?"

"Também."

E a isso, e àquilo, ele segue perguntando, sem nem me dar tempo de responder — o que eu acho bom, porque algumas coisas sobre as quais ele me pergunta eu nem sabia que existiam...

"O futuro está aqui", ele diz, enchendo o peito. "Um novo país está nascendo nesta cidade."

Eu balanço a cabeça, enquanto como o meu pão de queijo e bebo o meu café.

"Um país onde todos terão oportunidade, onde ninguém mais passará fome, ninguém mais precisará pedir esmola nas ruas. Um país de gente feliz, um país de paz e de prosperidade. Um país, enfim, que é o país com o qual todos nós, os brasileiros, um dia sonhamos."

Eu balanço a cabeça.

"Eu talvez não vá ver tudo isso, porque já estou com sessenta anos e porque isso não é uma coisa que se faz de um dia para outro; nem de um dia para outro, nem de um ano para outro. Deus, que é Deus, não fez o mundo em seis dias?"

"É", eu digo.

"Então?"

Eu balanço a cabeça.

"Eu talvez não verei; mas você, você, que é muito mais novo do que eu, você verá. Quantos anos você tem?"

"Vinte."

"Vinte. Pois é: daqui a quarenta anos, quando você estiver com a minha idade, quando você estiver com sessenta anos, você vai se lembrar deste dia e de tudo o que eu disse."

Eu balanço a cabeça de modo mais enfático, como a dizer que sim, vou, sim, eu vou lembrar.

"Será um outro Brasil", ele prossegue, entusiasmado, "um Brasil…"

Ele se interrompe com a chegada de uma mulher.

"Pois não, minha senhora...", diz, gentilmente.

Eu olho as horas: já são quase cinco. Mastigo e engulo o último pedaço do pão de queijo — o café já acabara —, limpo a boca com o guardanapo de papel, e então pego no bolso a minha carteira.

"Não", ele diz, espalmando a mão à minha frente: "você não vai pagar nada."

"Por quê?...", eu pergunto.

"É uma homenagem minha", ele diz, sorrindo alegremente; "uma homenagem que eu faço aos mineiros, e principalmente ao maior deles: o homem que construiu esta cidade."

Eu agradeço muito e digo que nunca me esquecerei daquele dia — do cafezinho, das palavras dele e daquele gesto de generosidade.

Pego então a minha malinha e despeço-me dele com um forte aperto de mão.

"Boa viagem!", ele diz.

No saguão, outras portas já se abriram, algumas pessoas passam com malas, um ônibus chega — a rodoviária começa a se movimentar.

Subo então para a parte de cima. Nela, vejo que os guichês já estão funcionando e que, felizmente, não há fila.

Compro a minha passagem.

Confiro o meu relógio com o da rodoviária: os dois marcam a mesma hora, cinco e vinte. Falta mais de meia hora ainda para o meu ônibus.

Tranquilo, com tudo certo, sento-me numa cadeira e acendo um cigarro. E ali fico, pensando em muita coisa e ao mesmo tempo não pensando em nada, enquanto lá fora o céu ia, devagarzinho, clareando, naquela segunda-feira de abril de mil novecentos e sessenta e três.

Autor e Obras

Luiz Vilela nasceu em Ituiutaba, Minas Gerais, em 31 de dezembro de 1942, sétimo e último filho de um engenheiro-agrônomo e de uma normalista. Fez o curso primário e o ginasial no Ginásio São José, dos padres estigmatinos.

Criado numa família em que todos liam muito e numa casa onde "havia livros por toda parte", segundo ele conta em entrevista a Edla van Steen (*Viver & Escrever*), era natural que, embora tendo uma infância igual à de qualquer outro menino do interior, ele desde cedo mostrasse interesse pelos livros.

Esse interesse foi só crescendo com o tempo, e um dia, em 1956 — ano em que um meteoro riscou os céus da cidade, deixando um rastro de fumaça —, Luiz Vilela, com 13 anos de idade, começou a escrever. Logo em seguida, aos 14, passou a publicar: primeiro, num jornal de estudantes, A *Voz dos Estudantes*, e, depois, num jornal da cidade, o *Correio do Pontal*.

Aos 15 anos foi para Belo Horizonte, onde fez o curso clássico, no Colégio Marconi, e de onde passou a enviar, semanalmente, uma crônica para o jornal *Folha de Ituiutaba*. Entrou, depois, para a Faculdade de Filosofia, Ciências e Letras, da Universidade de Minas Gerais (U.M.G.), atual Universidade Federal de Minas Gerais (UFMG), formando-se em Filosofia. Publicou contos na "página dos novos" do *Suplemento Dominical do Estado de Minas* e ganhou, por duas vezes, um concurso de contos do *Correio de Minas*.

Aos 21, com outros jovens escritores mineiros, criou uma revista só de contos, *Estória*, e um jornal literário de vanguarda, *Texto*. Estas publicações, que, na falta de apoio financeiro, eram pagas pelos próprios autores, marcaram época, e sua repercussão não só ultrapassou os muros da província, como ainda chegou ao exterior. Nos Estados Unidos, a *Small Press Review* afirmou, na ocasião, que *Estória* era "a melhor publicação literária do continente sul-americano". Vilela criou também, com outros, a *Revista Literária*, da U.M.G.

Em 1967, aos 24 anos, depois de se ver recusado por vários editores, Luiz Vilela publicou, à própria custa, em edição graficamente modesta e de apenas mil exemplares, seu primeiro livro, de contos, *Tremor de Terra*. Mandou-o então para um concurso literário em Brasília, e o livro ganhou o Prêmio Nacional de Ficção, disputado com 250 escritores, entre os quais diversos monstros sagrados da literatura brasileira, como Mário Palmério e Osman Lins. José Condé, que também concorria e estava presente ao anúncio do prêmio, feito no encerramento da Semana Nacional do Escritor, que se realizava todo ano na capital federal, levantou-se, acusou a comissão julgadora de fazer "molecagem" e se retirou da sala. Outro escritor, José Geraldo Vieira, também inconformado com o resultado e que estava tão certo de ganhar o prêmio, que já levara o discurso de agradecimento, perguntou à comissão julgadora se aquele concurso era destinado a "aposentar autores de obra feita e premiar meninos saídos da creche". Comentando mais tarde o acontecimento em seu livro *Situações da Ficção Brasileira*,

Fausto Cunha, que fizera parte da comissão julgadora, disse: "Os mais novos empurram implacavelmente os mais velhos para a história ou para o lixo."

Tremor foi, logo a seguir, reeditado por uma editora do Rio, e Luiz Vilela se tornou conhecido em todo o Brasil, sendo saudado como A Revelação Literária do Ano. "A crítica mais consciente não lhe regateou elogios", lembraria depois Assis Brasil, em seu livro *A Nova Literatura*, e Fábio Lucas, em outro livro, *O Caráter Social da Literatura Brasileira*, falaria nos "aplausos incontáveis da crítica" obtidos pelo jovem autor. Aplausos a que se juntaram os de pessoas como o historiador Nelson Werneck Sodré, o biógrafo Raimundo Magalhães Jr. e o humorista Stanislaw Ponte Preta. Coroando a espetacular estreia de Luiz Vilela, o *Jornal do Brasil*, numa reportagem de página dupla, intitulada "Literatura Brasileira no Século XX: Prosa", o escolheu como o mais representativo escritor de sua geração, incluindo-o na galeria dos grandes prosadores brasileiros, iniciada por Machado de Assis.

Em 1968 Vilela mudou-se para São Paulo, para trabalhar como redator e repórter no *Jornal da Tarde*. No mesmo ano, foi premiado no I Concurso Nacional de Contos, do Paraná. Os contos dos vencedores foram reunidos e publicados em livro, com o título de *Os 18 Melhores Contos do Brasil*. Comentando-o no *Jornal de Letras*, Assis Brasil disse que Luiz Vilela era "a melhor revelação de contista dos últimos anos".

Ainda em 1968, um conto seu, "Por toda a vida", do *Tremor de Terra*, foi traduzido para o alemão e publicado na Alemanha Ocidental, numa antologia de modernos contistas brasileiros, *Moderne Brasilianische Erzähler*. No final do ano, convidado a participar de um programa internacional de escritores, o International Writing Program, em Iowa City, Iowa, Estados Unidos, Vilela viajou para este país, lá ficando nove meses e concluindo o seu primeiro romance, *Os Novos*. Sobre a sua participação no programa, ele disse, numa entrevista ao *Jornal de Letras*: "Foi ótima, pois, além de uma boa bolsa, eu tinha lá todo o tempo livre, podendo fazer o que quisesse: um regime de vida ideal para um escritor."

Dos Estados Unidos, Vilela foi para a Europa, percorrendo vários países e fixando-se por algum tempo na Espanha, em Barcelona. Seu segundo livro, *No Bar*, de contos, foi publicado no final de 1968. Dele disse Macedo Miranda, no *Jornal do Brasil*: "Ele escreve aquilo que gostaríamos de escrever." No mesmo ano, Vilela foi premiado no II Concurso Nacional de Contos, do Paraná, ocasião em que Antonio Candido, que fazia parte da comissão julgadora, observou sobre ele: "A sua força está no diálogo e, também, na absoluta pureza de sua linguagem."

Voltando ao Brasil, Vilela passou a residir novamente em sua cidade natal, próximo da qual comprou depois um sítio, onde passaria a criar vacas leiteiras. "Gosto muito de vacas", disse, mais tarde, numa entrevista que deu ao *Folhetim*, da *Folha de S.Paulo*. "Não só de vacas: gosto também de cavalos, porcos, galinhas, tudo quanto é bicho, afinal, de borboleta a elefante, passando obviamente por passarinhos, gatos e cachorros. Cachorro, então, nem se fala, e quem conhece meus livros já deve ter notado isso."

Em 1970 o terceiro livro, também de contos, *Tarde da Noite*, e, aos 27 anos, a consagração definitiva como contista. "Um dos grandes contistas brasileiros de todos os tempos", disse Wilson Martins, no *Estado de S. Paulo*. "Exemplos do grande conto brasileiro e universal", disse Hélio Pólvora, no *Jornal do Brasil*. E no *Jornal da Tarde*, em artigo de página inteira, intitulado "Ler Vilela? Indispensável", Leo Gilson Ribeiro dizia, na chamada: "Guimarães, Clarice, Trevisan, Rubem Fonseca. Agora, outro senhor contista: Luiz Vilela."

Em 1971 saiu *Os Novos*. Baseado em sua geração, o livro se passa logo após a Revolução de 64 e teve, por isso, dificuldades para ser publicado, pois o país vivia ainda sob a ditadura militar, e os editores temiam represálias. Publicado, finalmente, por uma pequena editora do Rio, ele recebeu dos mais violentos ataques aos mais exaltados elogios. No *Suplemento Literário do Minas Gerais*, Luís Gonzaga Vieira o chamou de "fogos de artifício", e, no *Correio da Manhã*, Aguinaldo Silva acusou o autor de "pertinaz prisão de ventre mental". Pouco depois, no *Jornal de Letras*, Heraldo Lisboa observava: "Um soco em muita coisa (conceitos e preconceitos), o livro se impõe quase em fúria. (É por isso que o temem?)" E Temístocles Linhares, em *O Estado de S. Paulo*, constatava: "Se não todos, quase todos os problemas das gerações, não só em relação à arte e à cultura, como também em relação à conduta e à vida, estão postos neste livro." Alguns anos depois, Fausto Cunha, no *Jornal do Brasil*, em um número especial do suplemento *Livro*, dedicado aos novos escritores brasileiros, comentou sobre *Os Novos*:

"É um romance que, mais dia menos dia, será descoberto e apreciado em toda a sua força. Sua geração ainda não produziu nenhuma obra como essa, na ficção."

Em 1974 Luiz Vilela ganhou o Prêmio Jabuti, da Câmara Brasileira do Livro, para o melhor livro de contos de 1973, com O Fim de Tudo, publicado por uma editora que ele, juntamente com um amigo, fundou em Belo Horizonte, a Editora Liberdade. Carlos Drummond de Andrade leu o livro e escreveu ao autor: "Achei 'A volta do campeão' uma obra-prima."

Em 1978 aparece Contos Escolhidos, a primeira de uma dúzia de antologias de seus contos — Contos, Uma Seleção de Contos, Os Melhores Contos de Luiz Vilela, etc. —, que, por diferentes editoras, apareceriam nos anos seguintes. Na revista IstoÉ, Flávio Moreira da Costa comentou: "Luiz Vilela não é apenas um contista do Estado de Minas Gerais: é um dos melhores ficcionistas de história curta do país. Há muito tempo, muita gente sabe disso."

Em 1979 Vilela publicou, ao longo do ano, três novos livros: O Choro no Travesseiro, novela, Lindas Pernas, contos, e O Inferno É Aqui Mesmo, romance. Sobre o primeiro, disse Duílio Gomes, no Estado de Minas: "No gênero novela ele é perfeito, como nos seus contos." Sobre o segundo, disse Manoel Nascimento, na IstoÉ: "Agora, depois de Lindas Pernas (sua melhor coletânea até o momento), nem os mais céticos continuarão resistindo a admitir sua importância na renovação da prosa brasileira." Quanto ao terceiro, o Inferno, escrito com base na sua experiência no Jornal da Tarde, ele, assim como acontecera com Os Novos, e por motivos semelhantes, causou polêmica. No próprio *Jornal da Tarde*, Leo Gilson Ribeiro disse que o livro não era um romance, e sim "uma vingança pessoal, cheia de chavões". Na entrevista que deu ao *Folhetim*, Vilela, relembrando a polêmica, foi categórico: "Meu livro não é uma vingança contra ninguém nem contra nada. É um romance, sim. Um romance que, como as minhas outras obras de ficção, criei partindo de uma realidade que eu conhecia, no caso o *Jornal da Tarde*." Comentando o livro na revista *Veja*, Renato Pompeu sintetizou a questão nestas palavras: "O livro é importante tanto esteticamente como no nível de documento, e sua leitura é indispensável."

Ituiutaba, uma cidade de porte médio, situada numa das regiões mais ricas do país, o Triângulo Mineiro, sofrera na década de 70, como outras cidades semelhantes, grandes transformações, o que iria inspirar a Vilela seu terceiro romance, *Entre Amigos*, publicado em 1982 e tão elogiado pela crítica. "*Entre Amigos* é um romance pungente, verdadeiro, muito bem escrito, sobretudo isso", disse Edilberto Coutinho, na revista *Fatos e Fotos*.

Em 1989 saiu *Graça*, seu quarto romance e décimo livro. *Graça* foi escolhido como o "livro do mês" da revista *Playboy*, em sua edição de aniversário. "Uma narração gostosa e envolvente, pontuada por diálogos rápidos e costurada com um fino bom humor", disse, na apresentação dos capítulos publicados, a editora da revista, Eliana Sanches. Na *Folha da Tarde*, depois, Luthero Maynard comentou: "Vilela constrói seus personagens com uma tal consistência psicológica e existencial, que a empatia com o leitor é quase imediata, cimentada pela elegância e extrema fluidez da linguagem, que o colocam entre os mais importantes escritores brasileiros contemporâneos."

No começo de 1990, a convite do governo cubano, Luiz Vilela passou um mês em Cuba, como jurado de literatura brasileira do Premio Casa de las Américas. Em junho, ele foi escolhido como O Melhor da Cultura em Minas Gerais no ano de 1989 pelo jornal *Estado de Minas*, na sua promoção anual "Os Melhores".

No final de 1991 Vilela esteve no México, como convidado do VI Encuentro Internacional de Narrativa, que reuniu escritores de várias partes do mundo para discutir a situação da literatura atual.

Em 1994, no dia 21 de abril, ele foi agraciado pelo governo mineiro com a Medalha da Inconfidência. Logo depois esteve na Alemanha, a convite da Haus der Kulturen der Welt, fazendo leituras públicas de seus escritos em várias cidades. No fim do ano publicou a novela *Te Amo Sobre Todas as Coisas*, a respeito da qual André Seffrin, no *Jornal do Brasil*, escreveu: "Em *Te Amo Sobre Todas as Coisas* encontramos o Luiz Vilela de sempre, no domínio preciso do diálogo, onde é impossível descobrir uma fresta de deslize ou notação menos adequada."

Em 1996 foi publicada na Alemanha, pela Babel Verlag, de Berlim, uma antologia de seus contos, *Frosch im Hals*. "Um autor que pertence à literatura mundial", disse, no prefácio, a tradutora, Ute Hermanns. No final do ano Vilela voltou ao México, como convidado do XI Encuentro Internacional de Narrativa.

Em 2000 um conto seu, "Fazendo a barba", foi incluído na antologia *Os Cem Melhores Contos Brasileiros do Século*, e um curta-metragem, *Françoise*, baseado no seu conto homônimo, dirigido por Rafael Conde e com Débora Falabella no papel principal, ganhou o prêmio de melhor atriz na categoria curtas do Festival de Cinema de Gramado. Ainda no mesmo ano, foi publicado o livro *O Diálogo da Compaixão na Obra de Luiz Vilela*, de Wania de Sousa Majadas, primeiro estudo completo de sua obra.

Em 2001 a TV Globo levou ao ar, na série *Brava Gente*, uma adaptação de seu conto "Tarde da noite", sob a direção de Roberto Farias, com Maitê Proença, Daniel Dantas e Lília Cabral.

Em 2002, depois de mais de vinte anos sem publicar um livro de contos, Luiz Vilela lançou *A Cabeça*, livro que teve extraordinária recepção de crítica e de público e foi incluído por vários jornais na lista dos melhores lançamentos do ano. "Os diálogos mais parecidos com a vida que a literatura brasileira já produziu", disse Sérgio Rodrigues, no *Jornal do Brasil*.

Em 2003 *Tremor de Terra* integrou a lista das leituras obrigatórias do vestibular da UFMG. *A Cabeça* foi um dos dez finalistas do I Prêmio Portugal Telecom de Literatura Brasileira e finalista também do Prêmio Jabuti. Vários contos de Vilela foram adaptados pela Rede Minas para o programa *Contos de Minas*. Também a TV Cultura, de São Paulo, adaptou três contos seus, "A cabeça", "Eu estava ali deitado" e "Felicidade", para o programa *Contos da Meia-Noite*, com, respectivamente, os atores Giulia Gam, Matheus Nachtergaele e Paulo César Pereio. E um outro conto, "Rua da amargura", foi adaptado, com o mesmo título, para o cinema, por Rafael Conde, vindo a ganhar o prêmio de melhor curta do Festival de Cinema de Brasília. O cineasta adaptaria depois, em novo curta, um terceiro conto, "A chuva nos telhados antigos", formando com ele a "Trilogia Vilela". Ainda em 2003, o governo mineiro concedeu a Luiz Vilela a Medalha Santos Dumont, Ouro.

Em 2004, numa enquete nacional realizada pelo caderno *Pensar*, do *Correio Braziliense*, entre críticos literários, professores universitários e jornalistas da área cultural, para saber quais "os 15 melhores livros brasileiros dos últimos 15 anos", *A Cabeça* foi um dos escolhidos. No fim do ano a revista *Bravo!*, em sua "Edição 100", fazendo um ranking dos 100 melhores livros de literatura, nacionais e estrangeiros, publicados no Brasil nos últimos oito anos, levando em consideração "a relevância das obras, sua repercussão entre a crítica e o público e sua importância para o desenvolvimento da cultura no país", incluiu A *Cabeça* em 32.º lugar.

Em 2005, em um número especial, "100 Livros Essenciais" — "o ranking da literatura brasileira em todos os gêneros e em todos os tempos" —, a *Bravo!* incluiu entre os livros o *Tremor de Terra*, observando que o autor "de lá para cá, tornou-se referência na prosa contemporânea". E a revista acrescentava: "Enquanto alguns autores levam tempo para aprimorar a escrita, Vilela conseguiu esse feito quando tinha apenas 24 anos."

Em 2006 — ano em que Luiz Vilela completou 50 anos de atividade literária — saiu sua novela *Bóris e*

Dóris. "Diferentemente dos modernos tagarelas, que esbanjam palavrório (somente para... esbanjar palavrório), Vilela entra em cena para mostrar logo que só quer fazer o que sabe fazer como poucos: contar uma história", escreveu Nelson Vasconcelos, em *O Globo*.

Com o lançamento de *Bóris e Dóris*, a Editora Record, nova casa editorial de Vilela, deu início à publicação de toda a sua obra. Comentando o fato no *Estado de Minas*, disse João Paulo: "Um conjunto de livros que, pela linguagem, virtuosismo do estilo e ética corajosa em enfrentar o avesso da vida, constitui um momento marcante da literatura brasileira contemporânea."

Em 2008 a Fundação Cultural de Ituiutaba criou a Semana Luiz Vilela, com palestras sobre a obra do escritor, exibição de filmes, exposição de fotos, apresentações de teatro, lançamentos de livros, etc., tendo já sido realizadas quatro semanas.

Em 2011 o Concurso de Contos Luiz Vilela, promoção anual da mesma fundação, chegou à 21ª edição, consolidando a sua posição de um dos mais duradouros concursos literários brasileiros e um dos mais concorridos, com participantes de todas as regiões do Brasil e até do exterior.

No final de 2011 Luiz Vilela publicou o romance *Perdição*. Sobre ele disse Hildeberto Barbosa Filho, no jornal *A União*: "É impossível ler essa história e não parar para pensar. Pensar no mistério da vida, nos desconhecidos que somos, nos imponderáveis que cercam os passos de cada um de nós." *Perdição* foi finalista do

Prêmio São Paulo de Literatura e do Prêmio Portugal Telecom de Literatura, e recebeu o Prêmio Literário Nacional PEN Clube do Brasil 2012.

Luiz Vilela já foi traduzido para diversas línguas. Seus contos figuram em inúmeras antologias, nacionais e estrangeiras, e numa infinidade de livros didáticos. No todo ou em parte, sua obra tem sido objeto de constantes estudos, aqui e no exterior, e já foi tema de várias dissertações de mestrado e teses de doutorado.

Pai de um filho, Luiz Vilela continua a residir em sua cidade natal, onde se dedica inteiramente à literatura.

Tremor de Terra (contos). Belo Horizonte, edição do autor, 1967. 9.ª edição, São Paulo, Publifolha, 2004.

No Bar (contos). Rio de Janeiro, Bloch, 1968. 2.ª edição, São Paulo, Ática, 1984.

Tarde da Noite (contos). São Paulo, Vertente, 1970. 5.ª edição, São Paulo, Ática, 1999.

Os Novos (romance). Rio de Janeiro, Gernasa, 1971.

O Fim de Tudo (contos). Belo Horizonte, Liberdade, 1973.

Contos Escolhidos. Rio de Janeiro, Francisco Alves, 1978. 2.ª edição, Porto Alegre, Mercado Aberto, 1985.

Lindas Pernas (contos). São Paulo, Cultura, 1979.

O Inferno É Aqui Mesmo (romance). São Paulo, Ática, 1979. 3.ª edição, São Paulo, Círculo do Livro, 1988.

O Choro no Travesseiro (novela). São Paulo, Cultura, 1979.

Entre Amigos (romance). São Paulo, Ática, 1983.

Uma Seleção de Contos. São Paulo, Nacional, 1986. 2.ª edição, reformulada, São Paulo, Nacional, 2002.

Contos. Belo Horizonte, Lê, 1986. 4.ª edição, introdução de Miguel Sanches Neto, São Paulo, Scipione, 2010.

Os Melhores Contos de Luiz Vilela. Introdução de Wilson Martins. São Paulo, Global, 1988. 3.ª edição, São Paulo, Global, 2001.

O Violino e Outros Contos. São Paulo, Ática, 1989. 7.ª edição, São Paulo, Ática, 2007.

Graça (romance). São Paulo, Estação Liberdade, 1989.

Te Amo Sobre Todas as Coisas (novela). Rio de Janeiro, Rocco, 1994.

Contos da Infância e da Adolescência. São Paulo, Ática, 1996. 4.ª edição, São Paulo, Ática, 2007.

Boa de Garfo e Outros Contos. São Paulo, Saraiva, 2000. 4.ª edição, São Paulo, Saraiva, 2010.

Sete Histórias (contos). São Paulo, Global, 2000. 3.ª edição, São Paulo, Global, 2001. 1.ª reimpressão, 2008.

Histórias de Família (contos). Introdução de Augusto Massi. São Paulo, Nova Alexandria, 2001.

Chuva e Outros Contos. São Paulo, Editora do Brasil, 2001.

Histórias de Bichos. São Paulo, Editora do Brasil, 2002.

A Cabeça (contos). São Paulo, Cosac & Naify, 2002. 1.ª reimpressão, São Paulo, Cosac & Naify, 2002. 2.ª reimpressão, 2012.

Bóris e Dóris (novela). Rio de Janeiro, Record, 2006.

Contos Eróticos. Belo Horizonte, Leitura, 2008.

Sofia e Outros Contos. São Paulo, Saraiva, 2008. 2.ª tiragem, 2012.

Amor e Outros Contos. Erechim, RS, Edelbra, 2009.

Três Histórias Fantásticas. Introdução de Sérgio Rodrigues. São Paulo, Scipione, 2009.

Perdição (romance). Rio de Janeiro, Record, 2011.

Você Verá (contos). Rio de Janeiro, Record, 2013.

Este livro foi composto na tipologia Caecilia LT
STD, em corpo 10,5/16,5, e impresso em papel
off-white 90g/m² no Sistema Cameron da
Divisão Gráfica da Distribuidora Record.